迟子建——著

别雅山谷的父子

天津出版传媒集团
百花文艺出版社

图书在版编目（CIP）数据

别雅山谷的父子 / 迟子建著. -- 天津：百花文艺出版社,2017.3
ISBN 978-7-5306-7168-9

Ⅰ. ①别… Ⅱ. ①迟… Ⅲ. ①中篇小说-小说集-中国-当代②短篇小说-小说集-中国-当代
Ⅳ. ①I247.7

中国版本图书馆 CIP 数据核字(2016)第 294865 号

选题策划：李勃洋　刘书棋　装帧设计：苏艾设计
责任编辑：赵世鑫

出版人：李勃洋
出版发行：百花文艺出版社
地址：天津市和平区西康路 35 号　邮编：300051
电话传真：+86-22-23332651（发行部）
+86-22-23332656（总编室）
+86-22-23332478（邮购部）
主页：http://www.baihuawenyi.com
印刷：天津金彩美术印刷有限公司
开本：850×1168 毫米　1/32
字数：142 千字
印张：6.875
版次：2017 年3 月第1 版
印次：2017 年3 月第1 次印刷
定价：48.00 元

目　录

亲亲土豆

如果你在银河遥望七月的礼镇,会看到一片盛开着的花园。那花朵呈穗状,金钟般垂吊着,在星月下泛出迷幻的银灰色。当你敛声屏气倾听风儿吹拂它的温存之声时,你的灵魂却首先闻到了来自大地的一股经久不衰的芳菲之气,一缕凡俗的土豆花的香气。你不由在灿烂的天庭中落泪了,泪珠敲打着金钟般的花朵,发出错落有致的悦耳的回响,你为自己的前世曾悉心培育过这种花朵而感到欣慰。

那永远离开了礼镇的人不止一次通过梦境将这样的乡愁捎给他的亲人们、捎给热爱土豆的人们。于是,晨曦中两个刚刚脱离梦境到晨露摇曳的土豆地劳作的人的对话就司空见惯了:

“昨夜孩子他爷说在那边只想吃新土豆,你说花才开他急什么?”

“我们家老邢还不是一样?他嫌我今年土豆种得少,他闻不出我家土豆地的花香气。你说他的鼻子还那么灵啊?”

土豆花张开圆圆的耳朵,听着这天上人间的对话。

礼镇的家家户户都种着土豆。秦山夫妇是礼镇种土豆的大户，他们在南坡足足种了三亩。春天播种时要用许多袋土豆栽子，夏季土豆开花时，独有他家地里的花色最全面，要紫有紫，要粉有粉，要白有白的。到了秋天，也自然是他们收获最多了。他们在秋末时就进城卖土豆，卖出去的自然成了钱存起来，余下的除了再做种子外，就由人畜共同享用了。

秦山又黑又瘦，夏天时爱打赤脚。他媳妇比他高出半头，不漂亮，但很白净，叫李爱杰，温柔而贤惠。他们去土豆地干活儿时总是并着肩走，他们九岁的女儿粉萍跟在身后，一会儿去采花了，一会儿又去捉蚂蚱了，一会儿又用柳条棍去戏弄老实的牛了。秦山嗜烟如命，人们见他总是叼着烟眯缝着眼自在地吸着。他家的园子就种了很多烟叶，秋天时烟叶长成了，一把把蒲扇似的拴成捆吊在房檐下，像是古色古香的编钟，由着秋风来吹打。到了冬天，秦山天天坐在炕头吸烟，有时还招来一群烟友。他的牙齿和手指都被烟熏得焦黄焦黄的，嘴唇是猪肝色，秦山媳妇为此常常和他拌几句嘴。

秦山因为吸烟过量常常咳嗽，春秋尤甚，而春秋又尤以晚上为甚。李爱杰常常跟其他女人抱怨说她两三天就得洗一回头，不然那头发里的烟味就熏得好反胃。女人们就打趣她，秦山天天搂着你吸烟不成？李爱杰便红了脸，说着去你们的，秦山才没那么多的纠缠呢。

可是纠不纠缠谁能知道呢？

秦山和妻子爱吃土豆，女儿粉萍也爱吃。吃土豆的名堂在秦家大得很，蒸、煮、烤、炸、炒、调汤等等，花样繁杂得像新娘子袖口上的流苏。冬天时候粉萍常用火炉的二层格烤囫囵土豆,一家人把它当成饭后点心来吃。

礼镇的人一到7月末便开始摸新土豆来吃了。小孩子们窜到南坡的土豆地里,见到垄台有拇指宽的裂缝了,便将手指顺着裂缝伸进去,保准能掏到一个圆鼓鼓的土豆,放到小篮里,回家用它炖架豆角吃真是妙不可言。当然,当自家地的裂缝被一一企及、再无土豆露出早熟的迹象时,他们便猫着腰窜入秦山家的土豆地,像小狐狸一样灵敏地摸着土豆,生怕被下田的秦山看见。其实秦山是不在乎那点儿土豆的,所以这个时节来土豆地干活儿,他就先在地头大声咳嗽一番,给小孩子们一个逃脱的信号,以免吓着他们。偷了土豆的孩子还以为自己做贼做得高明,回去跟家长说:"秦山抽烟落下的咳嗽真不小,都咳嗽到土豆地去了。"

初秋的时令,秦山有一天吃着吃着土豆就咳嗽得受不住了,双肩抖得像被狂风拍打着的一只衣架,只觉得五脏六腑都错了位,没有一处舒服的地方。李爱杰一边给他捶背一边嗔怪:"抽吧,让你抽,明天我把你那些烟叶一把火都点着了。"

秦山本想反驳妻子几句,可他无论如何都没有那力气了。当天夜里,秦山又剧烈咳嗽起来,而且觉得恶心,他的咳嗽声把粉萍都惊醒了,粉萍隔着门童声童气地说:"爸,我给你拔个青萝卜压压咳吧?"

秦山捶着胸说:"不用了,粉萍,你睡吧。"

秦山咳嗽累了便迷迷糊糊睡着了。李爱杰担心秦山,第二天早早就醒了。她将头侧向秦山,便发现了秦山枕头上的一摊血。她吓了一跳，想推醒秦山让他看，又一想吐血不是好事，让秦山知道了，不是糟上加糟吗？所以她轻轻拈起秦山的头，将他的枕头撤下，将自己的枕头垫上去。秦山被扰得睁了一下眼睛，但耐不住咳嗽之后带给他的巨大疲乏，又睡去了。

李爱杰忧心忡忡地早早起来，洗了那个枕套，待秦山起来，她便一边给他盛粥一边说："咳嗽得这么厉害，咱今天进城看看去。"

"少抽两天烟就好了。"秦山面如土灰地说，"不看了。"

李爱杰说："不看怎么行，不能硬挺着。"

"咳嗽又死不了人。"秦山说，"谁要是进城给我捎回两斤梨来吃就好了。

李爱杰心想："咳嗽死不了人，可人一吐血离死就近了。"这种不祥的想法使她在将粥碗递给秦山时哆嗦了一下，她甚至不敢看他的眼睛，只是无话找话地说："今天天真好，连个云彩丝儿都没有。

秦山边喝粥边"唔"了一声。

"老周家的猪这几天不爱吃食，老周媳妇愁得到处找人给猪打针。你说都入秋了，猪怎么还会得病？"

"猪还不是跟人一样，得病哪分时辰。"秦山推开了粥碗。

"怎么就喝了半碗？"李爱杰颇为绝望地说，"这小米子我筛了三遍，一个谷皮都没有，多香啊。"

"不想吃。"秦山又咳嗽一声。秦山的咳嗽像余震一样使李爱杰战战兢兢。

早饭后李爱杰左劝右劝，秦山这才答应进城看病去。他们搭着费喜利家进城卖菜的马车。秦山夫妇坐在车尾。由于落过一场雨，路面的坑坑洼洼还残着水，所以车轱辘辗过后就溅起来一串串泥浆，打在秦山夫妇的裤脚上。李爱杰便说:“今年秋天可别像前年,天天下雨,起土豆时弄得跟个泥猴似的。”

费喜利甩了一下鞭子回过头说:“就你们家怕秋天下连绵雨，谁让你们家种那么大的一片土豆了？你们家挣的钱够买五十匹马了吧？”

秦山笑了一声:“现在可是一匹不匹呢。”

费喜利“咦嗬”了一声,说:“我又不上你家的马房牵马,你怕啥?说个实话。”

李爱杰插言道:“您别逗引我们家秦山了,卖土豆那些钱要是能买回五十匹马来,他早就领回一个大姑娘填房了。”

费喜利嗬嗬地笑起来,马也愉快地小跑起来。马车颠簸着,马颈下的铃铛发出银子落在瓷盘中的那种脆响。

秦山气喘吁吁地说:“咱可没有填房纳妾的念头，咱又不是地主。”

李爱杰追问道:“真要是地主呢？”

“那也要娶你一个,咱喜欢正宫娘娘。”秦山吐了一口痰说,“等我哪天死了,你用卖土豆的钱招一个漂亮小伙入赘,保你享福。”李爱杰便因为这无端的玩笑灰了脸,差点儿落泪了。

医生给秦山拍了片子,告诉三天后再来。三天后秦山夫妇又搭着费喜利家进城卖菜的马车去了医院。医生悄悄对李爱杰说:“你爱人的肺叶上有三个肿瘤,有一个已经相当大了,你们应该到哈尔滨做进一步检查。”

李爱杰小声而紧张地问:“他这不会是癌吧?”

医生说:“这只是怀疑,没准是良性肿瘤呢。咱这医疗条件有限,无法确诊,我看还是尽早走吧,他这么年轻。”

“他虚岁才三十七。”李爱杰落寞地说,“今年是他本命年。”

“本命年总不太顺利。”医生同情地安抚说。

夫妻俩回到礼镇时买了几斤梨,粉萍见父母回来都和颜悦色的,以为父亲的病已经好了,就和秦山抢梨吃。也许梨的清凉起到了很好的祛痰镇咳作用,当夜秦山不再咳了,还蛮有心情地向李爱杰求温存。李爱杰心里的滋味真比调味店的气味还复杂,答应他又怕耗他的气血使他情况恶化,可不答应又担心以后是否还有这样的机会,整个的人就像被马蜂给蜇了,没有一处自在的地方,所以就一副尴尬的应付相,弄得秦山直埋怨她:“你今晚是怎么了?”

第二天李爱杰早早就醒来,借着一缕柔和的晨光去看秦山的枕头,枕头干干净净的,没有一丝血迹,这使她的心稍稍宽慰了一些,心想也许医生的话不必全都放在心上,医生也不可能万无一失吧。两口子该做啥还做啥,拔土豆地里的稗草、给秋白菜喷农药、将大蒜刨出来编成辫子挂在山墙上。然而好景不长,过了不到一周,秦山又开始剧烈咳嗽,这次他自己见到咯出的血了,他那表情麻木得像蜡像人。

“咱们到哈尔滨看看去吧。”李爱杰悲凉地说。

“人一吐血还有个好吗?”秦山说,“早晚都是个死,我可不想把那点儿钱花在治病上。”

“可有病总得治呀。”李爱杰说,“大城市没有治不好的病,况且咱又没去过哈尔滨,逛逛世面吧。

秦山不语了。夫妻二人商量了半宿,这才决定去哈尔滨。李爱杰将家里的五千元积蓄全部带上,又关照邻居帮她照顾粉萍、猪和几只鸡。邻居问他们秋收时能回来么?秦山咧嘴一笑说:“我就是有一口气,也要活着回来收最后一季土豆。”

李爱杰拍了一下秦山的肩膀,骂他:“胡说!”

两人又搭了费喜利家进城卖菜的马车。费喜利见秦山缩着头没精打采,就说:“你要信我的,就别看什么病去。你少抽两袋烟,多活动活动就好了。

“我见天长在土豆地里干活儿,活动还算少吗?”秦山干涩地笑了一声,说:“看什么病,陪咱媳妇逛逛大城市去,买双牛皮鞋,再买个开长衩的旗袍。”

“我可不穿那东西给你丢人。”李爱杰低声说。

两个人在城里买了一斤烙饼和两袋咸菜,就直奔火车站了。火车票没有他们想象得那么贵,而且他们上车后又找到了挨在一起的座位,这使他们很愉快。所以火车开了一路李爱杰就发出一路的惊诧:

“秦山,你快看那片紫马莲花,茸嘟嘟的!”

“这十好几头牛都这么壮,这是谁家的?”

“这人家可真趁,瞧他家连大门都刷了蓝漆!”

“那个戴破草帽的人像不像咱礼镇的王富?王富好像比他瓷实点儿。”

秦山听着妻子恍若回到少女时代的声音,心里有种比晚霞还要浓烈的伤感。如果自己病得不重还可以继续听她的声音；如果病人膏肓，这声音将像闪电一样消失。谁会再来拥抱她温润光滑的身体？谁来帮她照看粉萍？谁来帮她伺候那一大片土豆地？

秦山不敢继续往下想了。

两人辗转到哈尔滨后并没心思浏览市容，先就近在站前的小吃部吃了豆腐脑和油条，然后打听如何去医院看病。一个扎白围裙的胖厨子一下子向他们推荐了好几家大医院，并告诉他们如何乘车。

“你说这么多医院，哪家医院最便宜？”秦山问。

李爱杰瞪了秦山一眼，说：“我们要找看病最好的医院，贵不贵都不怕。”

厨子是个热心人，又不厌其烦地向他们介绍各个医院的条件，最后帮助他们敲定了一家。

他们费尽周折赶到这家医院，秦山当天就被收入院。李爱杰先缴了八百元的住院押金，然后上街买了饭盒、勺、水杯、毛巾、拖鞋等住院物品。秦山住的病房共有八人，有两个人在打氧气。在垂危者那长一声短一声的呼吸声中有其他病人的咳嗽声、吐痰声和喝水声。李爱杰听主治医生讲要给秦山做 CT 检查，这又是一笔不小的开销。但李爱杰豁出去了。

秦山住院后脸色便开始发灰，尤其看着其他病人也是一副愁容惨淡的样子，他便觉得人生埋伏着的巨大陷阱被他踩中了。晚饭时李爱杰上街买回两个菜蛋和一个大面包。与秦山邻床的病人也是中年人，很胖，头枕着冰袋，他的妻子正给他喂饭。他得的好像是中风，嘴歪了，说话含混不清，吃东西也就格外费力。喂他吃东西的女人三十来岁,齐耳短发,满面憔悴。有一刻她不慎将勺热汤洒在了他的脖子上,病人急躁地一把打掉那勺,吃力地骂:“婊子、妖精、破鞋——”女人撇下碗,跑到走廊伤心去了。

李爱杰和秦山吃喝完毕，便问其他病人家属如何订第二天的饭,又打听茶炉房该怎么走。大家很热心地一一告诉她。李爱杰提着暖水瓶出了病室的门时天已经黑了,昏暗的走廊里有一股阴冷而难闻的气味。李爱杰在茶炉房的煤堆旁碰到那个挨了丈夫骂的中年妇女,她正在吸烟。看见李爱杰,她便问:

“你男人得了什么病?”

“还没确诊呢。”李爱杰说,“明天做CT。”

“他哪里有毛病?”

“说是肺。”李爱杰拧开茶炉的开关,听着水咕噜噜进入水瓶的声音。“他都咯血了。”

“哦。”那女人沉重地叹息一声。

“你爱人得了中风?”李爱杰关切地问。

“就是那个病吧,叫脑溢血,差点儿没死了。抢救过来后半边身子不能动,脾气也暴躁了,稍不如意就拿我撒气,你也看见了。”

“有病的人都心焦。”李爱杰打完水,盖严壶盖,直起身子劝慰道:“骂两句就骂两句吧。”

“唉,摊上个有病的男人,算咱们命苦。”女人将烟掐死,问:“你们从哪里来?”

“礼镇。”李爱杰说,“坐两天两夜的火车呢。”

“这么远。”女人说,“我们家在明水。”她看着李爱杰说:“你男人住的那张床，昨晚刚抬走一位。才四十二岁，是肝癌，留下两个孩子和一个快八十的老母亲，他老婆哭得抽过去了。”

李爱杰提水壶的胳膊就软了，她低声问：“你说真要得了肺癌还有救吗？”

“不是我嘴损，癌是没个治的。”那女人说，“有那治病的钱，还不如逛逛风景呢。不过，你也别担心，说不定他不是癌呢，又没确诊。”

李爱杰愈发觉得前程灰暗了，不但手没了力气，腿也有些飘，看东西有点儿眼花缭乱。

“你家在哈尔滨有亲戚吗？”

“没有。”李爱杰说。

“那你晚间住哪儿？”

“我就坐在俺男人身边陪着他。”

“你还不知道吧，家属夜间是不能待在病房的，除非是重病号夜间才允许有陪护。看你的样子，家里也不是特别有钱的，旅店住不起，不如跟我去住，一个月一百块钱就够了。”

“那是什么地方？”李爱杰问。

“离医院不远，走二十分钟就到了。是一片要动迁的老房子，矮矮趴趴的，房东是老两口，闲着间十平米的屋子，原先我和那个得肝癌病的人的老婆一起住，她丈夫一死，她就收拾东西回乡下了。”

“太过意不去。”李爱杰说，“你真是好心人。”

“我叫王秋萍。”女人说，“你叫我萍姐好了。”

“萍姐。”李爱杰说，“我女儿也叫萍，是粉萍。

两个女人出了茶炉房，通过一段煤渣遍地的甬道回到住院处的走廊。她们一前一后走着，步履都很沉重。一些病人家属来来往往地打水和倒剩饭，卫生间的垃圾桶传出一股刺鼻的馊味儿。

秦山在李爱杰要离开他跟王秋萍去住的时候忽然拉住她的手说："爱杰，要是确诊是癌，咱可不在这遭这份洋罪，我宁愿死在礼镇咱家的土豆地里。

"瞎说。"李爱杰见王秋萍在看他们，连忙抽回手，并且有些脸红了。

"你别心疼钱，要吃好住好。"秦山嘱咐道。

"知道了。"李爱杰说。

房东见王秋萍又拉来新房客，当然喜不自禁。老太太麻利地烧了壶开水，还洗了两条嫩黄瓜让她们当水果吃。那间屋子很矮，两张床都是由砖和木板搭起来的，两床中央放着个油漆斑驳的条形矮桌，上面堆着牙具、镜子、茶杯、手纸等东西。墙壁上挂着几件旧衣裳，门后的旮旯里有个木盖马桶。这所有的景致都因为那盏低照度的灯泡而显得更加灰暗。

王秋萍和李爱杰洗过脚后便拉灭了灯，两人躺在黑暗中说着话。

"刚才看你男人拉你手的那股劲儿，真让我眼热。"王秋萍羡慕地说，"你们的感情真深呐。"

"所以他一病我比自己病还难受。"李爱杰轻声说。

"唉，我男人没病前我俩就没那么好的感情，三天不吵，两天早早的。他病了我还得尽义务，谁想这人脾气越来越随驴了，我伺候了他三个月了，他的病老是反复，家里的钱折腾空了，借了一屁股的债，愁得我都不想活了。两个孩子又都不立事，婆婆还好吃懒做，常对我指桑骂槐的。”

“你家也靠种地过日子？”李爱杰问。

“可不，咱也是农民嘛。前年他没病时跟人合开了一个榨油坊，挣了几千块钱，全给赌了。”

“那你的饥荒怎么还呢？”

“我现在就开始干两份活儿了。”王秋萍说，“每天早晨三点多钟我就到火车站的票房子排队买卧铺票，然后票贩子给我十五块钱，中午我给一家养猪场到几家饭店去收剩饭剩菜，也能收入个十块八块的。一天下来，能有二十几块呢。”

“你男人知道你这么辛苦吗？”

“他不骂我就烧高香了，哪还敢指望他疼我。”王秋萍长长叹口气，“他将来恢复不好，真是偏瘫了，我后半辈子就全完了。有时候真巴不得他——”

李爱杰知道她想说什么，她在黑暗中吃惊地“啊”了一声。

“你要是摊上了就知道了。”王秋萍乏力地说，“要是你男人真得了癌，得需要一大笔钱，还治不出个好来。到时我帮你联系点儿活儿干，卖盒饭、给人看孩子、送牛奶……”

王秋萍的声音越来越细，沉重的疲惫终于遏止了她的声音，将她推入梦乡。李爱杰辗转反侧，一会儿想秦山在医院里能否休息好，夜里可否咳嗽，一会儿又想粉萍在邻居家住得习惯吗，一会儿又想礼镇南坡她家那片土豆地，想得又乏又累才昏昏沉沉睡去。等到醒来后天已经大亮了，房东正在扫地，有几只灰鸽子在窗台前咕咕叫，王秋萍的铺已经空了。

“夜里睡得踏实吗？”房东热情地问。

“挺香的。”李爱杰说，“一路折腾来的乏算是解了。”

房东一边忙活一边絮絮叨叨问李爱杰一些事。男人得的什么病呀，家里几口人呀，住几间房呀。她告诉李爱杰，王秋萍一大早就上火车站排队买卧铺票去了，让她早起后到街角买个煎饼馃子吃。

李爱杰洗过脸，就沿着昨夜来时的路线去医院。街上无论是汽车还是行人都多得让她数不过来，她想城里的马路才真正是苦命的路。天有些阴，但大多数的女人都穿着裙子，她们露着腿，背着精致考究的皮包，高跟鞋将人行道踩得喀噔喀噔响。她本想在街角买个煎饼馃子吃，但因为惦记秦山，还是空着肚子先到医院去了。一进走廊，就见秦山住的病室的门被推开了，一下子拥出来五六个手忙脚乱的人，有医生，也有神色慌乱的陌生人。跟着推出了一个病人，吓得李爱杰腿就软了。直到看到那病人不是秦山，这才缓口气来，看着他们朝抢救室急急而去。

秦山帮助妻子订了一份小米粥，怕粥凉了，用饭盒扣得严严实实的，搁在自己的肚子上，半仰着身子用手捂着。李爱杰一来，他就笑着从被窝里拿出饭盒，说：“还温着呢，快吃吧。”

李爱杰鼻子一酸，轻声问：“夜里没咳嗽吧？”

秦山眨眨眼睛，摇摇头，轻声说：“你不在身边就是睡不踏实。”

李爱杰眼睛湿湿地看了眼秦山，然后垂头去吃那盒粥。病室窗外的树叶被风吹得飒飒响，像秦山年轻时用麦秸拨弄她耳朵逗她发痒的那股声音。李爱杰看了一眼王秋萍的丈夫，他四肢僵硬地躺在床上，歪着头，贪馋地看着邻床的病人吃烙饼。那表情完全是个不谙世事的小孩子。

秦山的检查结果很快出来了。当李爱杰被医生叫到办公室后她知道一切都完了。

医生说："他已经是晚期肺癌了，已经扩散了。"

李爱杰没有吱声，她只觉得一下子掉进一口黑咕隆咚的井里，她感觉不出阳光的存在了。

"如果做手术，效果也不会太理想。"医生说，"你考虑吧，要么就先用药物维持。不过最好不要让病人知道真实情况，那样会增加他的心理负担。"

李爱杰慢吞吞地出了医生办公室，她在走廊碰到很多人，可她感觉这世界只有她一个人。她来到住院处大门前的花坛旁，很想对着那些无忧无虑的娇花倩草哭上一场，可她的眼泪已经被巨大的悲哀征服了，她这才明白绝望者是没有泪水的。

李爱杰去看秦山的时候为了掩饰自己内心的慌乱，特意从花坛上偷偷摘了一朵花掖在袖筒里。秦山正在喝水，雪亮的阳光投在他青黄瘦削的脸颊上，他的嘴唇干裂了。李爱杰趁他不备将花从袖筒掏出来："闻闻，香不香？"她将花拈在他的鼻子下。

秦山深深闻了一下，说："还没有土豆花香呢。"

"土豆花才没有香味呢。"李爱杰纠正说。

"谁说土豆花没香味？它那股香味才特别呢，一般时候闻不到，一经闻到就让人忘不掉。"秦山左顾右盼见其他病人和家属都没有注意听他们说话，才放心大胆地打趣道："就像你身上的味儿一样。"

李爱杰凄楚地笑了。就着这股笑劲儿，她装作兴高采烈地说：“你知道我为什么偷花给你吗？咱得高兴一下了，你的病确诊了，就是普通的肺病，打几个月的点滴就能好。”

“医生跟你说了？”秦山心凉地问。

“医生刚才告诉我，不信你问问去。”李爱杰说。

“没有大病当然好，我还去问什么呢。”秦山说，“咱都来了一个多礼拜了，该是收土豆的时候了。

“你放心，咱礼镇有那么多的好心人，不能让咱家的土豆烂到地里。”李爱杰说。

“自己种的地自己收才有意思。”秦山忽然说，“钱都让你把着，你就不能给我几百让我花花？”

“我才没那么抠门呢。”李爱杰抿嘴一乐，“你现在躺在医院里又不能出去逛，你要钱有什么用？”

“订点儿好饭呀，托人买点儿水果呀什么的。”秦山端起水杯喝了几口水，然后说：“身上有钱踏实。”

李爱杰就从腰包数出三百块钱给了秦山。

当天下午，护士便来给秦山输液了，是一种没贴药品标签的液体，李爱杰一边陪他输液一边和他说着温暖话。到了黄昏，输完液，送饭的来了，他们又一起吃了米饭和豆角。秦山吃得虽然少，但他看上去情绪不错，因为他一直在说话。

黄昏了。王秋萍来给丈夫送饭，她黑着眼圈，手上缠着绷带。她这两天特别倒霉，铁路打击票贩子，票贩子都不敢出现了。她想自己买票暗中高价卖掉，不料这一段天天起得迟，到了售票处只能排到队尾,自然毫无所获,而且手又不巧被铁栅栏给划破了。她丈夫虽然脾气不好,但食欲却比旭日还要旺盛,整天指着名要鸡要鱼的,王秋萍只能硬挨着。

“秦山,你也喝点儿鸡汤吧。”王秋萍说。

“我和爱杰刚吃过。”秦山和悦地笑笑,“谢谢了。”

王秋萍的丈夫恨恨地瞪了王秋萍一眼,说:“你看他比我年轻,让他喝我的鸡汤,你勾引人——”

王秋萍摇头叹口气,无可奈何地给丈夫一勺一勺地喂鸡汤。喂完丈夫,她和李爱杰一起上厕所,突然说:“那么多不该进太平房的人都进了那里,他这该进的却天天活着磨人。有时候真想毒死他。”

李爱杰怔怔地看着王秋萍,失神地说:“秦山确诊了。”她突然扑到王秋萍怀里哭起来:“我还不如你,想让他磨我也没这个日子了!”

两个中年女人相抱在一起哭成了一对泪人,将一些上厕所的人吓得大惊失色。

那一夜王秋萍和李爱杰几乎彻夜未眠。两个人买了瓶白酒,喝得酩酊大醉,将在厕所没有哭完的泪水又哭了出来。刚开始时两人都觉得头部昏沉,奇怪的是哭得透彻了倒把酒给醒了,毫无睡意,两人便讲起各自的家世,说得天有晓色,才觉得眼睛发涩,便都酣然沉睡于蓓蕾般的黎明中。

李爱杰梦见自己和秦山去土豆地铲草,路过草甸子,秦山为她采一枝花,掉进了沼泽中,眼看着人越陷越深,急得李爱杰大喊起来,一个激灵从睡梦中坐了起来,揉揉太阳穴,看着矮桌上的空酒瓶和吃剩的香肠、豆腐干、花生米,她才忆起昨夜和王秋萍喝酒的事。

王秋萍裹条薄绒毯子，睡得头发披散，鼻翼微微翕动，面色也比白日里看上去好多了。李爱杰抓过手表，一看已经是正午时分了，吓得非同小可，连忙推醒王秋萍："萍姐，中午了，咱们还没去医院呢。

王秋萍也"吭哧"一声坐起来，用手背使劲儿揉了下眼睛，懊恼地自责："唉，排不成车票，连猪食也收不成了。"她直了直腰，忽然又四仰八叉躺倒在床，一副听天由命的样子："反正已经中午了，不如睡到晚上，还能省顿饭。"

李爱杰知道她在说气话。待她梳洗完毕回到小屋，王秋萍果然已经起床了，她对李爱杰说，过两天她要回明水一趟，夜里她梦见两个孩子让狗给咬了："一个咬在胳膊上，一个咬在腿上，扑在我面前哭得起不来，孩子托生在我家真是可怜。"

"梦都是反着来解的。"李爱杰安慰她，"你梦见他们哭说明他们笑。"

"咳，我想孩子了。"王秋萍又是一声长长的叹息，"也该秋收了，总不能老指着我娘家人帮忙吧？"

"是该秋收了，我们家有好大一片土豆地呢。"李爱杰说这话的感觉就像没过足秋天双脚却踩在了初冻的薄冰上，有一种说不出的失落和凄楚。

两个人说着话来到街上，各自买了一个煎饼馃子，倚在浮灰重重的栅栏前吃起来。阳光很灿烂，她们眯缝着眼睛，百无聊赖地看着行人、车辆、广告牌，听着汽车喇叭声、磁带销售摊前录音机播放的流行歌曲声以及此起彼伏的叫卖声。

她们赶到医院时午饭已经过了。李爱杰一进病房就傻了眼，秦山不见了，病服堆在床上，床头柜上的饭盒等东西也不见了。

护士正在给患者扎针，见了李爱杰便态度生硬地说：“5号床的家属，你们家的病人怎么不见了？”

“昨晚我离开时他还好好地待在这里，他怎么会出了医院？”李爱杰气急地说，“该问你们医院吧？”

“医院又不是托儿所。”护士没有好气地说，“还住不住了？不住还有其他病人等着床呢。”

李爱杰掀开了秦山的床单，见床下的拖鞋也不见了，她便害怕地坐在床头哭起来。邻床的一位患者说，晚上秦山还睡得好好的，凌晨四点左右，天才放亮，秦山就下床了，他以为他去解手了。

秦山会不会去死呢？昨天她和王秋萍在厕所哭了一场，尽管回病房前洗了好几遍脸，又站在院子的风中平静了一番，可她红肿的眼睛也许让他抓到蛛丝马迹了，他没有告别就走了，看来是不想活了。

王秋萍顾不上自己的丈夫了，连忙陪同李爱杰去找秦山。她们去了松花江边、霁虹桥的铁路交叉口以及公园幽深的树林，一切可以自杀的场景几乎都让她们跑遍了。然而没有什么人投江、卧轨或是吊在公园的树下。天黑的时候，她们仍不见秦山的影子，有的只是源源不断的、形形色色的陌生的归家人。李爱杰趴在霁虹桥的绿铁栏前痛哭起来。

她们绞尽脑汁想秦山会去哪里，最后王秋萍说也许他去极乐寺出家了。李爱杰也觉得有些道理，也许秦山以为遁入佛门会使他的病和灵魂都得到拯救。于是她们又挨过一个不眠之夜后，一大早就去极乐寺了。她们找到住持,问昨天是否有人要来出家,住持双手合十念了声“阿弥陀佛”,然后微微摇头。她们便又去了大直街上的天主教堂和一处基督教堂。她们为什么去教堂?也许她们认为那是收留人灵魂的地方。转到下午,仍不见秦山的影子。她们又跑回住处看房东家的电视,看本市午间新闻是否有寻人启事或者是意外事故的发生,结果她们毫无所获。

一直到了下午两点,处于极度焦虑状态的李爱杰才突然意识到秦山一定是回礼镇了。一个要自杀的人怎么会带走饭盒、毛巾、拖鞋等东西呢?她又联想起秦山那天朝她要钱的事,就更加坚定地认为秦山回了家乡了。李爱杰开始打点回家的行装。

“萍姐,一会儿跟我去办退院手续。”李爱杰头也不抬地说,“秦山一定是回了家了。”

“他不想治病了?”王秋萍大声叫道。

“他一定明白他的病是绝症了。治不好的病他是不会治的。”李爱杰哽咽地说,“他是想把钱留下来给我和粉萍过日子,我知道他。”

“这么善良的人怎么让你摊上了?”王秋萍抽噎了一下,“他回家怎么不叫上你?”

“叫上我,我能让他走吗?”李爱杰说,“今天的火车已经赶不上了,明天我就往回返。”

一旦想明白了秦山的去处,李爱杰就沉静下来了。下午王秋萍陪她去办退院手续,院方开始不退住院押金,说病人已经住了一周多了,而且又用了不少药,李爱杰说不过他们,便去求助于秦山的主治医生。医生听明情况后,帮助她找回了应退还的钱。

晚间，李爱杰打开旅行袋，取出一条很新的银灰色毛料裤子，递给王秋萍："萍姐，这是我三年前的裤子，就上过两回身。城里人爱以貌取人，你去哪办事时就穿上它。你比我高一点儿，你可以把裤脚放一放。"

王秋萍捧着那条裤子，将它哭湿了好大一片。

李爱杰赶回礼镇时正是秋收的日子，家家户户都在南坡地里起土豆。是午后的时光，天空极端晴朗，没有一丝云，只有凉爽的风在巷子里东游西逛。李爱杰没有回家，她径直朝南坡的土豆地走去。一路上她看见许多人家的地头都放着手推车，人们刨的刨、拣的拣、装袋的装袋。邻家的狗也跟着主人来到地里，见到李爱杰，便摇着尾巴上来叼她的裤脚，仿佛在殷勤地问候她：你回来了？

李爱杰远远就看见秦山猫腰在自家的地里起土豆，粉萍跟在他身后正用一只土篮拣土豆。秦山穿着蓝布衣，午后的阳光沉甸甸地照耀着他，使他在浏亮的阳光中闪闪发光，李爱杰从心底深深地呼唤了一声："秦山——"双颊便被自己的泪水给烫着了。

秦山一家人收完土豆后便安闲地过冬天。秦山消瘦得越来越快，几乎不能进食了。他常常痴迷地望着李爱杰一言不发。李爱杰仍然平静地为他做饭、洗衣、铺床、同枕共眠。有一天傍晚，天落了雪，粉萍在灶间的火炉上烤土豆片，秦山忽然对李爱杰说："我从哈尔滨回来给你买了件东西，你猜是啥？"

"我怎么猜得出来。"李爱杰的心咚咚地跳起来。

秦山下了炕，到柜子里拿出一个红纸包，一层层轻轻地打开，抖搂出一条宝石蓝色的软缎旗袍，那旗袍被灯光映得泛出一股动人的幽光。

“哦！”李爱杰吃惊地叫了一声。

“多亮堂啊。”秦山说，“明年夏天你穿上吧。”

“明年夏天——”李爱杰伤感地说，“到时我穿给你看。”

“穿给别人看也是一样的。”秦山说。

“这么长的衩，我才不穿给别人看呢。”李爱杰终于抑制不住地哭着扑倒在秦山怀里，“我不愿意让别人看我的腿……”

秦山在下大雪的日子里挣扎了两天两夜终于停止了呼吸。礼镇的人都来帮助李爱杰料理后事。但守灵的事只有她一人承当。李爱杰在屋里穿着那条宝石蓝色的软缎旗袍，守着温暖的炉火和丈夫，由晨至昏，由夜半至黎明。直到了出殡的那一天，她才换下了那件旗袍。

由于天寒地冻，在这个季节死去的人的墓穴都不可能挖得太深，所以覆盖棺材光靠那点儿冻土是无济于事的。人们一般都去拉一马车煤渣来盖坟，待到春暖花开了再培新土。当葬礼主持差人去拉煤渣的时候，李爱杰突然阻拦道：“秦山不喜欢煤渣。”

葬礼主持以为她哀思深重，正要好言劝导，她忽然从仓房里拎出几条麻袋走向菜窖口，打开窖门，吩咐几个年轻力壮的人：“往麻袋里装土豆吧。”

大家都明白李爱杰的意图，于是就一齐动手拣土豆。不出一小时，五麻袋土豆就装满了。

礼镇人看到一个不同寻常的葬礼，秦山的棺材旁边坐着五麻袋敦敦实实的土豆，李爱杰头裹孝布跟在车后。虽然葬礼主持不让她跟到墓地，她还是坚持随着去了。秦山的棺材落入坑穴，人们用铁铲将微薄的冻土扬完后，棺材还露出星星点点的红色。李爱杰上前将土豆一袋袋倒在坟上，只见那些土豆咕噜噜地在坟堆上旋转，最后众志成城地挤靠在一起，使秦山的坟豁然丰满充盈起来。雪后疲惫的阳光挣扎着将触角伸向土豆的间隙，使整座坟洋溢着一股温馨的丰收气息。李爱杰欣慰地看着那座坟，想着银河灿烂的时分，秦山在那里会一眼认出他家的土豆地吗？他还会闻到那股土豆花的特殊香气吗？

李爱杰最后一个离开秦山的坟。她刚走了两三步，忽然听见背后一阵簌簌的响动，原来坟顶上的一只又圆又胖的土豆从上面坠了下来，一直滚到李爱杰脚边，停在她的鞋前，仿佛一个受惯了宠的小孩子在乞求母亲那至爱的亲昵。李爱杰怜爱地看着那个土豆，轻轻嗔怪道："还跟我的脚呀？"

采浆果的人

金井的山峦，就是大鲁二鲁的日历。

雪让山峦穿上白衫时，他们拉着爬犁去拾烧柴；暖风使山峦披上嫩绿的轻纱时，他们赶紧下田播种。山峦一层一层地由嫩绿变得翠绿、墨绿时，他们顶着炽热的太阳，在田间打垄、间苗、锄草和追肥；而当银光闪闪的霜充当了染匠，给山峦罩上一件五彩的花衣时，他们就开始秋收了。

金井是个小农庄，只有十来户人家。土地是他们的命根子。从来没有事情能阻止得了秋收，但今年例外，一个收浆果的人来了。

秋收刚刚开始，一辆天蓝色的卡车摇摇摆摆地开到了金井。这一带的路坑坑洼洼的，所以这辆车虽然不少一只轮子，可走起来还是像个瘸子。

车主是个中年汉子，高个，方脸，小眼睛，大嘴巴，面色红润，说起话来神采飞扬的，一看就是走南闯北、见过世面的人。

卡车上装着十来只空坛子。

听说他是收浆果来的，金井人就嘲笑他："哪有秋后收浆果的？

早过了时候了！”

车主说:“要的就是这种过了时候的浆果！你们没听说过吗,头茬儿的韭菜二茬儿的姨娘是最鲜的,我再给它加一条,就是最后一茬儿的浆果醉人心！”

车主倒是没说错,盛夏时就熟了的浆果,如果无人采摘,在其熟得不能再熟的时候,就兀自静悄悄地坠到林地上,无声无息地被雨水沤烂了。而还零星挂在枝头的浆果,无外乎两种命运,要么因为花开得晚、果坐得迟而熟在了秋风中;要么就是熟得绽裂了,流出了体内一部分汁液,减轻了自身的分量,没了落到地上的危险,而风和阳光的照拂又使它们风干了,成为幸存于枝头的另一类。这两种浆果被霜一打,甜得醉人,不过它们稀少得就像这个时令的蚂蚱。

车主开出每种浆果的收购价格后,从怀中掏出两沓钱来,夹在指间,把它们当竹板一样敲打着,以说书人的口吻说:“话说这秋菜要是晚收一天它待在土里也飞不了,可是这浆果要是晚采一天,拿现钱的就是别的人了！人家的男人拿钱买酒你喝白水,人家的女人拿钱买织锦缎子你穿粗布,你说这浆果采得采不得?！”

他这一番吆喝,让秋收的人们扔下了手中的镐、铁齿、镰刀、耙子等农具。他们纷纷回家拿起形形色色的容器,奔向森林河谷,采摘浆果,仿佛牧羊人在寻找失了群的羊。

以往采浆果的都是女人和孩子,男人是绝不伸手的。可现在男人也来了,谁不愿意多赚几个酒钱呢！

浆果与人一样,也是有秉性的。喜静的,生长在河谷和阴沟里,比如山丁子、稠李子和水葡萄。而爱热闹的,则热情奔放地散布在植被丰厚的森林中，如都柿、野草莓、马林果和牙各答等。野草莓和马林果是春末夏初就熟的浆果，所以如今在林中只能偶尔可见它们已经萎黄了的叶片，果实却已是去了另一个世界的佳人——芳踪难觅了。在这些仅存的浆果中，最好采的是牙各答，它们不仅数量为众，耐寒的它们肌肤仍然光亮、饱满着，在其喜欢生长的林地缓坡或者是透出腐烂气息的松树的根部，你很容易就能在一片浓密的匍匐着的墨绿色的卵形叶片中，觑见它们红艳艳的笑影。有经验的人，会一铲一铲地连叶带果地将其收在铁撮子中，然后簸掉叶子，使果实匀密地沉淀下来。都柿果呢，它不像山丁子和稠李子结在树上，让人直着身仰着头舒舒服服就能采，矮棵的它们逼着人必须弯下腰才能摘到果实，那些一弯腰就爱眩晕的人当然要骂它们了，他们骂得五花八门的，譬如“小贱种”，“小娼妇”，“小混蛋”，可见他们也是把浆果当人看待了。

第一天收购上来的浆果，牙各答居多，其次是山丁子和都柿。收浆果的人果然没有食言，每个采浆果的人都领到了数目不等的现钱，平均下来，每户有三四十块呢，这对于金井的农民来说，不啻于在荒野中捡到了巨大的银锭，兴奋得像久违了青草的一群羊，因为他们从没有在一天之中拿到这么多的现钱。以往来收购浆果或者秋菜的人，多是乡里派来的，给他们打的大都是白条子。白条子是钱的凭据，但它不能当钱使，就是一纸谎言，它不能买柴米油盐、烟酒糖茶，几年下来，金井人学精了，他们绝不做不给现钱的买卖。

由于开心，金井人家这一天的晚饭也就较往日要隆重些——无外乎在桌上添了一碗酱豆腐，一碟腌牛肉；再奢侈的，烙一摞油汪汪的葱花饼，炒上满满一盘的鸡蛋。男人们自然要温一点儿酒来喝的，女人呢，心目中已然出现了绸缎的颜色和图案，它们如朝霞一样浸湿了她们的心，女人们在这个夜晚对待男人，自然也比平日多了几分温柔。

一年一度的秋收本来像根缜密坚实的绳子，可那些小小的浆果汇集在一起，就化成了锐利无比的牙齿，生生地把它给咬断了。

金井的男人中，有个比女人采浆果还要灵巧的人，他就是王一五。看看他那双手吧，手形秀气不说，那十指修长柔韧得连女人的手都自愧弗如。王一五不爱种地，但他是个农民，不种也得去种，他下田时脸上就总是挂着霜。农闲时，他喜欢把装着碎布头的包袱打开，用它们拼衣裳。他家没有缝纫机，一切都是手工操作。他飞针走线时气定神凝，什么事情也惊扰不了他。他做的衣裳，大约有上百件了吧，没一件是人能穿得了的，全都是小衣裳，只有巴掌那么大，看来只有精灵鬼怪才能穿得。他老婆牛桂丽见他爱鼓捣这玩意儿，常把破了的衣裳和袜子扔给他，让他补，王一五就仿佛是受了羞辱似的，急赤白脸地将它们撇开，好像人穿的东西都是俗物，沾染不得。他也因此招来老婆一顿连着一顿的骂。他们有个儿子，十一岁了，可看上去只有七八岁那般大，瘦削枯黄得像棵秋天的狗尾巴草，人们都叫他“豆芽”。别的男孩拎一篮土豆能一路疾行，豆芽提着半篮就趔趔趄趄、气喘吁吁了。别的男孩敢下河摸鱼上树掏鸟窝，他却连自家养的狗都怕。王一五爱做小衣服，豆芽则喜欢用铅笔画画。他爱画花鸟虫鱼、房屋河流，他从来不画人，说是世上的人都是丑的，不能入画。他画了画，喜欢拈着它四处走，那样子就像举着一个招魂牌。所以牛桂丽骂她男人时，常把豆芽也捎带上，称他们是一大一小两个瘪了的猪尿脬。王一五和豆芽都喜欢采浆果，看他们进了林中如鱼得水的样子，金井人就不无挖苦地称他们是一双花蝴蝶。

不秋收了而去采浆果，王一五和豆芽开心极了，他们第一天就采了半瓦盆的牙各答和一大茶缸的都柿，所以他们家拿到的钱最多，快六十块呢，牛桂丽终于发现这爷俩儿的缺点在这时候成了优点，特意割了把韭菜，对上些虾皮，包了顿饺子犒劳他们。

涂抹着金井秋天的，是一场接着一场的霜。初霜来时，山上的树叶会微微泛黄。而第二场、第三场霜降临后，树叶就有红的了。这时节你就可以秋收了。最先收的，是那些不禁霜的蔬菜，比如西葫芦、茄子、倭瓜和萝卜。接下来是土豆。最后呢，是比较禁霜的大头菜和白菜。其中土豆种植的面积最广，每家都要收获二三十麻袋，它们会被下到地窖里，成为漫漫长冬中人畜共用的主要食品。所以单单是起土豆，每户都要用上四五天的时间。一般来说，收完秋后，大地会上一场大浆，蓝天的颜色也会旧下去，变得灰蓝了，清冷的风把林中的落叶吹得狂舞的时候，雪花也就纷纷扬扬地来了，它们掩埋了秋日最后的绚丽，拉开了苍茫的长冬帷幕。

卡车就是收浆果人的家，他吃住都在那里。卡车上不仅有煤油炉和锅碗瓢盆，挂面、罐头、调料也应有尽有。他支起煤油炉美滋滋地为自己操持晚饭的时候，采浆果的人也就三三两两地回来了。他将收来的浆果分门别类倒进坛子里，然后将钱一五一十地付给大家。这时节晚霞在天际灿灿燃烧着，好像天也在生火做着晚饭。人们拿了钱，心满意足地回家了。收浆果的人吃过饭，会把炊具归置好，抽过几支烟后，就钻进驾驶室睡了。

三天下来，金井人和收浆果的人混熟了，男人们晚饭后也就凑过来和他聊天。那人不吝惜自己的烟，挨个给大家发上一支。他们抽着烟，在瑟瑟秋风中讲着关乎男女之事的笑话，快乐得如同过年。

大家出于好奇，免不得要问那人，花这么多钱收这晚秋的浆果给谁？那人说："这浆果可都是绿色食品！现如今有钱有势的人，睡小姐要'绿色'的，得是雏儿；吃果子自然也他妈的要'绿色'的了！"

金井人就糊涂了，小姐要是绿色的，那不成了妖怪吗？而且浆果不是红的，就是蓝的，怎么能说是绿色的呢？未成熟的青果才是绿色的呢。

大鲁二鲁是金井人中唯一还在秋收的人。他们是一对双胞胎兄妹，大鲁是男的，二鲁是女的。他们已是中年人了。他们的父母老鲁夫妇，是一对表兄妹，这使得他们生出的孩子言语木讷，思维迟钝，严重智障。大鲁二鲁自幼跟着老鲁夫妇学做各种农活儿，所以他们十几岁时，就是家中的主要劳力了。也许是男女有别的缘故，虽说他们是双胞胎，但大鲁二鲁在相貌上却并不完全一样。大鲁浓眉大眼，二鲁则细眉细眼的；但他们的鼻子和嘴巴长得很相像，鼻子是扁的，嘴巴很宽，他们爱笑，永远合不拢嘴的样子，使嘴巴显得更大了。二鲁的唇角还有颗痣，她常常用小拇指抠它，好像它是只苍蝇，要把它拂走才是。可是这样的"苍蝇"无论如何是轰不走的。

老鲁夫妇几年前先后去世了。他们临终留给这对兄妹的遗言就两条：第一，不许睡在一起；第二，春天播完种，秋天下了霜就秋收。大鲁二鲁牢牢记住了这两点。他们不像其他人家喜欢用日历，金井的山峦，在他们眼里就是一个巨大的日历。翻动这日历的，就是风霜雨雪。当暖风让这日历透出隐隐的绿色时，他们就去播种了，而当秋霜将这日历点染得一派绚丽时，他们准时去秋收了。

金井有个老女人，她男人在她三十岁时就瘫倒在炕上了，她既要侍候男人和当时只有六岁的女孩，又要独自种植大片的土地，她自此白了头发，人们就不叫她的本名了，而叫她“苍苍婆”。苍苍婆不像别的女人遭了难后终日以泪洗面、唉声叹气，她的头发全白了之后，她的心也仿佛一下子跟着变得光明了，她爱说爱笑了，学会了抽烟喝酒。有一个薄雾的傍晚，喝多了酒的她披散着白发在村中游走，撞见她的人都以为看到了鬼。女人们那时都不喜欢她，谁都知道她男人是个废物了，她们怕缺乏滋润的苍苍婆会偷她们男人身上的雨露。但苍苍婆并没有窃取男人身上雨露的意思，她大约也是不缺乏雨露的，她是金井的农妇中唯一热爱大雾和雨水的人。雨雾天气中别人都死气沉沉的，她却兴味盎然地在雾中雨中穿行，有时还放声歌唱着。她从不用雨衣，任雨水把她打湿，好像她是一条鱼，与水有着天然的亲缘关系。三十年过去了，苍苍婆的女儿已经嫁到乡里去了，她的男人却依然躺在炕上靠着苍苍婆的服侍而活着。人们都说苍苍婆心眼儿好，换作别的女人，少侍候他几天，他也就一命呜呼了，谁又会追究她的责任呢？苍苍婆彻底老了，以前她只是白着头发，脸颊却是饱满光洁的，如今她的脸颊塌陷了，眼角的皱纹密密麻麻的，嘴也微微瘪了，但她的眼睛，却没有老年人的那种浑浊，依然那么明亮，清澈逼人，好像她的眼底浸着一汪泪，使她的眼睛永远湿润而明净。

苍苍婆平素爱逗大鲁二鲁,她常说的一句话是:“大鲁二鲁一个被窝睡吧,生出个小鲁,让苍苍婆当羊乖乖搂着!”

大鲁正言厉色地回答:“爸妈死前嘱咐了,大鲁二鲁是不能睡在一块儿的!”大鲁从不称自己为“我”,而是“大鲁”;二鲁也是这样,她朝别人家借农具,不说“我要借镐”,而是说“二鲁借把镐”。他们强调着自己的姓名,似乎提醒金井的人,不要漠视他们的存在。而事实上他们的名与姓被大家叫颠倒了,他们的户口上明明报的是“鲁大”“鲁二”,老鲁夫妇包括其他人却都叫他们大鲁二鲁,叫顺嘴了,他们也就在不经意间把姓给挪到名字的尾巴上了——那也就成了名,致使他们好像没姓了似的。

苍苍婆只要见着二鲁,就把目光放在她的肚子上,仔仔细细地打量一番,末了总要叹口气,说:“你这肚子里还真是没有小鲁啊。”听上去分外惋惜的样子。在她眼中,大鲁二鲁是这村中最可爱的人,老鲁夫妇丢给金井的,不是一对弱智的孤儿,而是两只美丽温和的鸟。她想大鲁不会娶上媳妇,二鲁也不可能嫁出去,他们索性一处睡算了,大不了就生出个小鲁来,金井不又多了只快乐的小鸟吗?

二鲁见苍苍婆盯着她的肚子看,就说:“二鲁没饿着!”二鲁笑着,笑得格外的明媚。

苍苍婆说:“我是想看里面有没有小鲁!”

二鲁似懂非懂地说:“只有大鲁二鲁,没有小鲁!”

金井人常把这些话当作田间地头的笑谈和晚饭后的闲聊。这样的话题对男人来说是饭后的一支烟,而对女人来说是渴极时的一杯凉茶。

采了三天浆果的苍苍婆终于想到该叫大鲁二鲁也去挣点儿现钱,这样的好事把他们落下了,叫她心里不忍。苍苍婆就在这天晚饭后摇摇晃晃地去大鲁二鲁家了。

大鲁二鲁收了一天的萝卜,趁着天还有微微的亮光,将它们一筐筐地下到菜窖里。

满嘴酒气的苍苍婆亢奋地叫道:“大鲁二鲁,别秋收了,采浆果去吧,能拿现钱!大鲁过年时就能买新鞋穿了,二鲁也能买件花衣裳了!”

大鲁二鲁没有日历,所以他们常常错过一些节日,比如端午节和中秋节。但春节是不会从他们眼皮底下溜掉的,因为除夕的早晨便有鞭炮声响起,入夜时家家门前又都有点燃的冰灯。他们过年不像别人家,瓜果糖茶都要买些,而且人人都穿着簇新的衣裳。他们永远都穿着旧衣裳,只不过晚上时包一顿饺子吃而已。当然,他们也会冻上两座冰灯,一左一右地摆在门口,让它们充当暗夜的一双眼睛。

大鲁说:“苍苍婆,爸妈死前告诉大鲁了,下了霜就秋收,大鲁都点了头了!”

二鲁也说:“春天撒了种,秋天就得收庄稼,二鲁也记着呢!”

苍苍婆说:“你们真是一对傻瓜,这天响晴响晴着呢,晚个十天八天秋收,你种到土里的东西也不能长翅膀飞了;可你要是不采浆果,就得不到现钱,等你们收完秋去采,收浆果的人早就走了,你们一分钱也挣不到!”

大鲁二鲁不为所动,在他们看来,秋收才是天经地义的事。他们喂了两头猪,四只鹅和十几只鸡,家畜们一个冬天吃的东西全靠这些秋菜。这不像植物生长的季节,你把它们撒出去放养,它们总能找到吃的。冬天的金井,永远被厚厚的积雪覆盖着,雪粒就是再像白米的话,也不能当粮食吃啊。

没有劝动大鲁二鲁,苍苍婆只能摇头叹息。以前她不认为他们傻,这一刻她认定他们的脑袋里灌了猪屎,实在是臭!

苍苍婆离开大鲁二鲁家时,看了一下天,她发现星星出来了,一个个跟刚出壳的鸡雏似的,毛茸茸的、黄莹莹的,新鲜可爱极了,看来明天又是一个大晴天。苍苍婆认定星星都有点化尘世当中愚钝的人的神力,她求助于一颗最亮的星星,指点着它说:“今晚给大鲁二鲁开开窍吧。”说完,她才略觉心安,想着明天又可有钱揣进口袋,不由得哼起了小曲。或许是酒的作用,或许是年纪大了腿脚不那么灵便了,走着走着,苍苍婆忽然跌倒在地。她本来能立刻就爬起来的,可她躺倒后,发现镶嵌着星星的夜空就像一床蓝地黄花的缎子被盖在她身上,令她无比陶醉,她就索性多躺了一会儿,然后缓缓爬起来,朝家走去。想着家中暗淡的灯影下,有一个几近骷髅的老男人的脸等着她擦拭,苍苍婆的泪水就像一群奔着光明而来的飞蛾,扑了她一脸。

天刚亮,曹大平夫妇就提着竹篮出了家门。他们昨天发现了一片隐藏在河谷转弯处的山丁子,显然那里无人涉足,树上垂吊的果子比别的地带的要多得多,他们想独享这片果实,所以早早就出发了。他们快接近河谷时频频回头张望,生怕有人跟上他们。人没跟上他们,倒是他们家的狗跟来了。曹大平停住,回头呵斥狗:“滚回家看门去!”那狗脸皮薄,挨了骂后一缩头,夹着尾巴回家了。

太阳出来了，阳光充满了活力，它从树梢穿下来，一直照到地面的落叶和枯草，好像它的光芒能刺透泥土，使它们能像种子一样埋到土里去。如果阳光变成了种子，大约人间一年四季都是春天了。

曹大平夫妇的心情跟阳光一样明朗。他们边采山丁子边计划卖浆果的钱的用途。男人说要买一个电动刮胡刀，他的胡子长得快，每周都要刮两三次。用人工的刮胡刀常常失手，弄得下巴上旧痕未去又添新痕。女人笑着说："你的胡子要是麦子就好了，那样我给你买个金子的刮胡刀也值得！"曹大平"呸"了女人一口，说："我的脸要是能长出麦子的话，也轮不到你做我老婆了，我起码要找个比你嫩十岁的！"女人说："你找个比你小四十岁的多好，连带着把她的奶娘也收了房！"他们互相打趣着，男人又说要买一坛黄酒和一顶山羊绒帽子，女人的主意变得快，刚说完要买花头巾，想着家里的菜刀钝得磨不出锋刃了，就说买菜刀，一想到菜刀还能对付着使，又想添一条毛料裤子了。说来说去，他们想买的东西足可以开个杂货店了。两个人就嘲笑自己不切实际的支出，说到底还是钱好啊，钱多了，可以随心所欲买东西，他们羡慕那个收浆果的人，他是多么有钱啊。

曹大平说："他收的浆果可能是给当官的送礼，没听他说吗，有钱有势的人喜欢吃这个！"

女人说："也没准是给他相好的收的呢，他在外出车，挣钱挣多了，不花心才怪呢！赶上那个女人得意这口，他能不舍得花钱吗？"女人说完，又灵感袭来似的"哎哟"叫了一声，说："兴许那女人都'有了'，怀孕的人最爱吃它了，你记不记得我怀咱家老二时，一捧一捧地吃浆果也吃不够！"

他们边说边采山丁子，不知不觉中，太阳已经遨游到中天了。这岸的果实已经采尽，他们就着咸菜疙瘩啃了个凉馒头，打算渡过青鱼河，对岸有一片茂密的透着隐隐红光的山丁子树，说明挂在枝头的果实仍然可观。

青鱼河不是流经金井唯一的河流，但它却是最宽的。这河水流急，深不可测，因而很少有人在夏秋之时到对岸采浆果。一般来说，青鱼河被寒风冻僵了之后，才会有人拉着爬犁从它身上走过，去柳树丛中拾捡干枯的枝条当柴烧。

曹大平夫妇决定涉水渡河，也是想把还有富余的竹篮给装满了。他们折下一根山丁子的枝干，一方面用它当拐棍，一方面用它来试探水的深度。虽然天已经凉了，但他们还是脱下了外裤和绒裤，把它们搭在肩头，光着腿下河。他们怕把裤子打湿了，秋日的阳光一时半会儿又晒不干它。曹大平左手提着树枝在前，他老婆右手挎着竹篮在后，男人的右手和女人的左手十指相扣地紧紧地攥在一起，他们侧身而行，以削弱水流的强度。

河水凉得他们直打寒战，好像它是刚由冰块融化开来的水流。但见河床上阳光飘舞，可是他们却感觉不到温暖之气，想来秋日的阳光早已没了火力了。开始他们还能忍受得住，随着河心的临近，水涨到他们腰际了，水流的冲击力加强了，他们有些站不稳，但他们咬着牙，互相鼓励，坚持着，虽然他们不敢张望对岸的果实，但他们知道它离他们越来越近了。曹大平拄着的树枝，被河水吞吃得越来越多，裸露在水面上的，只有筷子那么长了。突然，曹大平的腿抽筋了，他栽歪了一下身子，水花就扬起巴掌，劈头盖脸地朝他打来，他呻吟着，惊恐地看着白花花的水欢笑着从脖颈下跃过。幸而曹大平的女人比他高半头，又健硕，她紧紧地拉住丈夫不撒手，尽管她也栽歪了身子，而且挎着的竹篮像个顽皮的孩子似的，趁机从她胳膊肘那儿溜走了。

装着果实的竹篮最初跌入水中时，它自身的重量使它充当了石头的角色，沉入了水底。但是很快，水流掏空了那些落花般的果实，竹篮又浮出水面。它被激流推动着，像个小脚女人，摇摇摆摆地向下游去了。曹大平夫妇的衣衫也被水打湿了，他们赶紧向回返，相互搀扶着哆哆嗦嗦地回到岸边。上岸后，曹大平才发现搭在肩头的裤子不见了，他想一定是他在水中挣扎时，裤子充当了叛徒，从他肩头跳下来逃跑了。女人把自己的外裤分给他穿，而她自己，只得穿那条紫红色的绒裤了。他们坐在河滩上，一个接着一个地打着寒战，想着青鱼河要真的是一条大青鱼就好了，他们会从家里拿来斧头，把它砍得血肉横飞、断肢解体。女人想着不但没有渡过河去，而且一上午的成果付诸东流，忍不住哭了。曹大平一开始忍着，但他想起今天不但赚不到一分钱，而且装干粮的竹篮和自己的裤子也被河水卷走了，备觉凄凉，他也跟着落下泪来。他们很委屈地离开河岸，踉踉跄跄地朝家走去。

曹大平一回去就发烧了，他的女人忧愁地在灶间把风干的姜捣碎，为他煮姜汤时，那条遭到呵斥的狗满怀怜爱地凑过来，用它湿漉漉的舌头舔着主人滚烫的脸颊，曹大平又一次落泪了，他觉得自己捡了一条命。他憎恨青鱼河，憎恨河对岸的果实，憎恨手中握着大把大把钱的收浆果的人，他对狗说："我就是没有炸药包，要不给你绑上，你把那卡车给我引爆了，把那些盛浆果的坛子炸他妈个稀里哗啦的！”狗没有迎合他的话，仍然舔着他的脸，倒是蹲在灶前续柴火的他的妻子，听了这话后满面凄苦地笑了。

晴朗已经持续了一周，收浆果的人带来的那些空坛子，有五只已经是满的了。他花了二十元钱，在李占前家捉了只活鸡宰了，用柴油炉炖了整整一个下午，满村子都飘拂着鸡汤的香味，弄得那些饥肠辘辘的采浆果归来的人口水连连。这人倒也不贪嘴，让姓张的尝口汤，给姓李的分条腿，又撕给姓王的一只翅膀，很快，一只鸡就没了踪影。那些尝了鸡肉却没有尽兴的人，回家后看着鸡鸭鹅狗时难免露出觊觎的眼神，吓得家畜们不敢靠近主人，唯恐刀落在自己的脖子上。

苍苍婆爱采的浆果，只是都柿。在她眼中，能让人醉的果实才有人性。稠李子、山丁子尽管也酸甜可口，却没有享用都柿的那种迷醉感，苍苍婆就觉得这样的果实太贫乏了。

都柿确实奇怪，你若是吃上一捧两捧也没什么，但若是吃上一海碗，目光就会发飘，腿也软了。据说当年森调队员勘察森林，看到那一片片碧绿饱满的果实，吃起来甜中带酸，酸中又透着甜，十分解渴，就大把大把地往嘴里扔，结果吃得一个个醉倒在地，险些成了狼口中的食物。七八月间，都柿熟了的时候，外地收购它的人就来了，收它都是为了酿酒。不过那价格低极了，四五毛钱一斤，你顶着烈日的烘烤和蚊虫的叮咬，一天中采了满满一桶，不过挣个十块八块的。

苍苍婆因为贪吃都柿，醉过已不知多少次了。她年轻的时候，那时她男人还生龙活虎着，有一回她进山采都柿，回来时篮子却是空的，而她自己的嘴唇，却已被这浆果染成黑紫色，好像她的唇上落着只紫蝴蝶。她见了人只是痴痴地笑，你无论问她什么话，她只是拖着长腔软绵绵地说："美——啊——" 她是把自己的肚子当作篮子，将都柿全都采到那里去了。她的肚子也因此成了酒窖，从口腔散发出浓郁的酒香气。苍苍婆的男人嫌她醉成这样给自己丢人，很少让她去采都柿。但你又怎么能管得住她呢？有一年的八月，金井接连下了几场雨，雨水会催发菌类植物的生长，苍苍婆对她男人说，她要去采木耳，男人就让她去了。可是她早晨出去，黄昏了也没回来。她男人心焦了，约了两个男人，提着马灯进山找她。天黑了，月亮起来了，除了猫头鹰之外，林中的鸟儿也歇息了。他们左一声右一声地呼唤她的名字，可就是没有回应。最后还是苍苍婆的男人醒悟过来，她别是打着采木耳的旗号，又偷偷吃都柿去了，因而无声无息地醉在了山里。于是他们开始在生长着都柿秧的地方寻找她。后半夜时，果然在一片茂盛的都柿丛中发现了她。月光照映着她，给她酣睡的脸涂上一层宁静安详的白光。她背囊里只有一小捧湿漉漉颤巍巍的黑木耳，嘴唇已然被都柿染得一派青紫。她的衣裳还被扯开了一道口子，没有穿背心的她露出一只乳房，那乳房在月光下就像开在她胸脯上的一朵白色芍药花，简直要把她的男人气疯了。他把她踢醒，骂她是孤魂野鬼托生的，干脆永远睡在山里算了。她被背回家，第二天彻底清醒后，还纳闷自己好端端的衣裳怎么被撕裂了一道口子？难道风喜欢她的乳房，撕开了它？她满怀狐疑地补衣裳的时候，从那条豁口中抖搂出几根毛发，是黑色的，有些硬，她男人认出那是黑熊的毛发。看来她醉倒之后，黑熊光顾过她，但没舍得吃她，只是轻轻给她的衣裳留下一道赤痕。一般的女人会为此后怕不已,可苍苍婆却笑着说:“黑熊见了我的奶子都不肯吃一口,看来它是没什么趣味的!”但事实上,据那些知情而饶舌的女人讲,苍苍婆是个性欲高亢的女人,这也就是为什么当她的男人瘫倒之后,女人们严加防范她勾引自家男人的一个缘由。她们私下诋毁苍苍婆,说她男人身上的精血过早被苍苍婆给吸干了,她遭了报应,所以才会正值好年华时守活寡。每当苍苍婆喝多了酒四处游荡,口中哼着小曲的时候,女人们就幸灾乐祸地说,瞧,她这是想男人了,老天让最馋的猫沾不到腥,真是长眼!

苍苍婆就在金井女人们的敌意目光下一直走向了垂暮之年。看着已经失去水分而逐渐变得像一条风干了的鱼的她,女人们看待她的目光变得温和了。

开始几天,苍苍婆还像规规矩矩的小学生一样,在林中认认真真地采上一天的都柿, 黄昏时一本正经地将它交给收浆果的人,换来几十块钱。可是接下来的日子,当她独自在林中垂下老迈的腰,手指触到皱纹累累的已经蔫软的都柿的时候,她的心凄凉了,想着果实老了还有人寻觅,女人老了却是无人问津。她尝了一粒都柿,真是甜极了,这甜让她更觉凄凉,想着老果子甘美异常,而老女人就像一条干涸的河流,再无人涉足了,苍苍婆就很想喝上一碗酒,抑制一下满腔的悲凉。山上没酒,她把采来的都柿当酒吃,竟一发而不可收,吃空了盛都柿的盆子。苍苍婆意犹未尽,索性直接把刚采到手里的果实丢进嘴里。秋天的阳光雪亮而干爽,像是一把刚晾晒好的麻线,无处不在地缠绕着她,让她有纳鞋底的欲望。苍苍婆在林中穿行的时候，一些干枯的树叶就被摇晃下来了，它们有的落到她的头上，有的则滑过她的肩头，回归大地。苍苍婆披散着的干涩而苍白的头发上，就有了火红的鹅掌形的榛树叶，心形的金黄色的杨树叶，当然更多的，是那些像针一样细而短小的松树的针叶。它们簇拥在苍苍婆的头上，像是一群色彩明丽的鸟落在了雪野上。

这天晚上苍苍婆是紫着嘴唇回到金井的，一看她那逍遥的步态，人们就知道她犯了年轻时的老毛病了。她将空盆子当草帽一样提着，并且不时晃悠两下，像个调皮的少女。她的气力不比从前了，所以即使她哼着小曲，人们也听不清是什么，跟蚊子哼哼没什么两样。她刚进村子，就碰见了拉着手推车从田地归来的大鲁二鲁，车上堆着七八麻袋的土豆。大鲁肩上挎着绳子在前拉，二鲁则在车尾推车。他们的脸被泥土和汗水弄成了花脸。

大鲁二鲁见了苍苍婆，停下车来，等着一贯爱跟他们说话的苍苍婆问他们话，也顺便歇口气。

苍苍婆晃晃悠悠地走过来，她先是用手中的空盆打了一下装满了土豆的麻袋，骂："都是你们不懂事，你们就那么傻啊，非让大鲁二鲁把你们从土里起出来，要不他们进山采浆果，能挣多少钱啊！"接着，她又用空盆打了一下大鲁的胳膊，骂："死心眼儿，就知道笑！"大鲁确实笑着，笑得就像刚从乌云中钻出来的太阳。二鲁不等苍苍婆吆喝她，主动从车尾走到苍苍婆面前，苍苍婆依旧用空盆打了一下二鲁，打在她的肚子上，嚷着："我算是抱不上小鲁了！"二鲁笑得更欢了。

苍苍婆就在大鲁二鲁的笑声中叹息着走开了。她没有回家，而是去了收浆果的地方。她看着那辆卡车，说它是只铁鸟。收浆果的人跟她已经熟了，他逗提着空盆子的苍苍婆："你采的果子哪儿去了呀，是不是都让狐狸给偷吃了？"苍苍婆哈哈笑了，她不无得意地用左手的食指点着自己的鼻尖说："让这只老狐狸给吃了！"

牛桂丽正领着豆芽等着给浆果估价，她说苍苍婆："你又偷吃都柿了？醉了吧？"

苍苍婆绷着脸说："我采的我吃了，怎么是偷？"

豆芽插话说："人家说你过去吃醉了都柿，差点儿没让熊给舔了，你不怕死？"

苍苍婆啐了一口唾沫说："我还怕死？我乐意死，可我死不了！我想着死后变成个小人，到时你爸给鬼精灵做的那些小衣裳就能派上用场了！"

豆芽嘻嘻笑了，说："苍苍婆要是能穿上我爸做的那些小衣裳，我用巴掌就能托着你了！"

苍苍婆对豆芽说："人长得不大，心眼儿倒是不少！"

牛桂丽最忌讳别人说豆芽长得小，苍苍婆的话令她不快，她说："人小人大有什么，人活着，身上的零件都管用就行呗！"

牛桂丽这是影射苍苍婆那不中用的男人呢。苍苍婆听出了弦外之音，但她故作糊涂着，问收浆果的人，哪几个坛子还空着？那人笑着说："苍苍婆，牙各答和山丁子都收足了，就等您的都柿呢！您看来是不缺钱用啊，全都自己享受了！"

这时候又有三个采浆果的人回来了，一个说撞见蛇了，一个说看见了一种从未见过的鸟，它发出的叫声像小孩子的哭声。另一个嘟囔着倒霉，眼皮被蚊子叮肿了不说，半新的裤子还被树枝划了道口子。可是当他们拿了钱后，谁也不发牢骚了，他们带着喜悦回家，走前都满怀同情地看着一无所获、佝偻着腰渐行渐远的苍苍婆。收浆果的人为了安慰她，曾丢给她一张十元钞票，让她买酒，苍苍婆捡起钞票，运足一口气，又把它吹回地上，苍苍婆说：“钱是什么，不就是一张落叶吗？蚂蚁合伙举过落叶，这样的叶子它们没见过，留着给蚂蚁们举着玩儿，当遮阳伞使吧！”说完，她就一摇一摆地走了。

“这个苍苍婆，倒清高！”收浆果的人看着她苍老的背影说。

牛桂丽吩咐豆芽把那十块钱捡起来还给收浆果的人，她以为他会顺水推舟地送给豆芽。谁知豆芽举着钱还给主人时，那人竟接了过去，揣进口袋，就像一个旅人揣上一张煎饼一样自然。牛桂丽扯着豆芽回家时就有些不快，她嫌豆芽没有叫那人一声“叔叔”，没有冲人家笑，十块钱自然就不会送他了。牛桂丽一旦把责任归咎于豆芽身上，对他的火气也就一路升级，到了家门口时，朝他的屁股狠狠踢了几脚，骂道：“蠢猪！”豆芽不禁踢，他倒在地上，像球一样滚了两下，滚出一串屁来，牛桂丽听到屁声气上加气，她说：“你还说饿呢，肚子瘪的人怎么有屁放呢，我看你就别吃晚饭了！”

苍苍婆连着四天空手而归了。想必她进山时还是下决心要采回都柿的，她没忘了带盆子，可她回来时盆子仍是空的，可见她禁不住诱惑，又让自己的肚子充当了都柿的容器了。中止了浆果采摘的，除了苍苍婆，还有曹大平夫妇。曹大平一直病在炕上，他发烧时胡话连篇，一会儿说家里的炕洞里钻进了一只绿眼睛的狼；一会儿又说星星掉下来，砸漏了他家的屋顶。他清醒的时候，就一瓢接一瓢地喝水，喝完水总要骂一句“小妈养的青鱼河”，复又虚弱地倒在炕上昏睡。曹大平的女人唉声叹气的，男人的病像一只无形的手，拖住了她的腿。她既不能采浆果，又不能去秋收，只能守着他。

大鲁二鲁刨完了土豆，又砍了白菜和大头菜，把它们运回来，腌了两缸酸菜和一缸咸菜，然后把余下的菜下到窖里。之后，他们把遗落在地里的菜帮也捡起来，装进麻袋，拉回家堆在仓房旁，作为猪饲料。最后，他们踏着更浓重的霜，去了大草甸子，夏天时大鲁打了一些猪草，早已晾干了，他们用绳子把猪草背回来。干草在他们背上散发着一股淡淡的香气，让他们觉得背着的不是草，而是戴着花环的小女孩。

就在大鲁二鲁扛回猪草的那个夜晚，天空悄然凝聚了一团又一团的乌云，星星和月亮全然不见了。乌云越聚越多，夜色浓重，气温骤降，雪花就像一位端庄、美艳、率性的公主，没有跟任何人打招呼，就乘着冬天的雪橇来了。金井人没人注意到下雪了，因为雪是在夜里来的，在森林河谷中奔波了一天的采浆果的人，都沉浸在梦乡中了。

雪越下越大，到了清晨，雪深近两尺。当金井的主妇们推开家门抱柴生火时，发现世界已改变了颜色。雪没有停的意思，仍然漫天飘舞着。女人们慌慌张张进屋喊起了丈夫，又吆喝起了孩子，他们纷纷奔到窗前，看着苍茫的大地，一个个目瞪口呆。

金井人一年的收获，就这么掩埋在大雪之下了。大地彻底地封冻了。

人们脸上满是凄苦的表情。有的女人甚至扑倒在雪地上哭了起来，哭他们的土豆、白菜和红红的萝卜，好端端地就被冬天给糟践了。他们冬天吃什么？他们的牲畜和家禽吃什么？他们觉得上了收浆果的人的当，纷纷走出家门，不约而同地朝卡车停放地走去。哪里还有什么卡车的影子，它早已不见了，村路上连个车辙都没留下，可见他是在雪花到来前就走了。想着卡车上那些装载着浆果的坛子，金井人恨不能戳瞎自己的眼睛。他们认定这辆卡车是魔鬼变成的。

卡车曾经停留的地方聚集的人越来越多，王一五一家也来了。豆芽跟在父母身后，手里捏着一张纸，纸上画着一个年轻的女人，她披散着长发，有着狐狸一样秀丽的脸庞，唇角漾着笑意，眼睛明亮极了，所有在场的人都认出那是年轻时的苍苍婆。豆芽并没有见过那时的苍苍婆，那时他还没出生呢，可他却逼真地画出了旧时光中的苍苍婆，让所有见着这画片的人都大吃一惊。这个声称人都是丑的、绝不能画人的孩子，终于画了一个人。大人们默不作声地垂立在风雪中，在他们眼里，豆芽提着的就是一幅女人青春的遗像。

只有苍苍婆没有来到卡车平素停靠的地方。不是她没出家门，她出来了，到大鲁二鲁家去了。她站在他们的院门前，隔着白桦木栅栏，望着这户唯一收获了庄稼的人家，想着这个冬天只有他们家是殷实的，她的心中先是涌起一股苍凉，接着是羡慕，最后便是弥漫开来的温暖和欣慰。

二鲁推开屋门，她出来抱柴火了。大鲁也出来了，尽管雪仍在下，他还是拿起扫帚清理积雪了。他们抬头眺望着远处金井的山峦，看着昨天还是花花绿绿的日历，今天就突然变成了白的，他们相视而笑了。

苍苍婆注意到,二鲁的脖颈上有一圈火红的东西。虽然离着很远,无法仔细辨别,但她知道那一定是串野刺莓。金井的女孩,最喜爱穿这样的项链来戴。野刺莓多生长在田间的高岗上,它们春天开花,夏季结果。到了秋天,它的果实就风干了,像是一粒粒火红的珠子。看来在秋收的间隙,大鲁二鲁也采了浆果。只不过他们只采了很少的一种,并且为它们做了最美的镶嵌。

踏着月光的行板

林秀珊每次来到火车站，都有置身牲口棚的感觉。火车的汽笛声在她听来就像形形色色牲口的叫声。有的像牛叫，有的像驴叫，还有的像饿极了的猪的叫声。所以那一列列的火车，在她眼里也都是牲口的模样。疾驰的特快列车像脱缰的野马，不紧不慢的直快列车像灵巧的羊在野地中漫步，而她常乘坐的慢车，就像吃足了草的牛在安闲地游走。

没有跟王锐打招呼而直接去探望他，这在林秀珊是从未有过的事情。所以登上火车的那一瞬间，她有些激动，甚至脸热心跳，就像她第一次被王锐拥抱着一样。

这列慢车是由齐齐哈尔开往哈尔滨的。林秀珊在大庆让湖路区的一家毛纺厂的食堂打工，所以她去哈尔滨看王锐，总是由让湖路站上车。能在让湖路停车的，通常都是慢车。林秀珊也不喜欢快车，快车比慢车票贵；还有，高速运行的特快往往使旅客看不清窗外的风景，而坐在慢车上，却能尽情饱览沿途风光。在林秀珊看来，乘火车不看风景就是傻瓜。即便是单调的树、低矮的土房和田野上的荒坟，她都觉得那风景是有韵味的。这些景致本来是死气沉沉的，可因为火车的驶动，它们就仿佛全成了活物。那树木像瘦高的人在急急地赶路，土房就像一台台拖拉机在突突地跑，而荒坟则像一只只蠕动的大青蛙。由于爱看风景，林秀珊在购票时总要对售票员说一句："给我一张靠窗口的。"

林秀珊和王锐结婚六年了。他们是在老家下三营子村结的婚。下三营子有一百多家农户。原来那一带土质肥沃，风调雨顺，农作物连年丰收，下三营子的人日子过得衣食无忧、自足康乐。可近些年由于附近市县滥伐林木，大肆开垦荒地，土地沙化越来越严重，村中那条原本很丰盈欢腾的地根河业已干涸，农作物连年减产。春季的时候，风沙大得能把下到土里的种子给掘出来，下三营子的人纷纷外出，另谋出路。王锐和林秀珊就是这众多外逃人员中的一对，他们同大多数农民一样，选择的是进城打工的路。

王锐会瓦工活儿，他在哈尔滨找到了在恒基建筑公司当建筑工人的活儿。林秀珊本想也在哈尔滨打一份零工，这样和王锐见面方便些，然而几经周折，她的愿望都落空了。林秀珊中等个，圆脸，肤色黝黑，眼睛不大，鼻子有些塌，虽然五官长得不出众，但因为她面目和善，还比较受看。不过，她的牙齿难看极了。下三营子的人多年来一直喝地表水，喝得人人都是一口黄牙。别的女人生了黄牙并不显眼，林秀珊却不同，她太爱笑了，她的黄牙在她温存敦厚的五官中总是最先抢了人家的视线。所以她去应聘时，大多的雇主一见她的黄牙就蹙起了眉，几句话就把她打发了。王锐曾建议她做个牙齿"贴片"美容，可林秀珊坚决反对。她说从下三营子什么也没带出来，嘴里有一口黄牙，也算是带了那里的水出来了，这样她在镜中看见自己的黄牙时，就不那么想家了。王锐拗不过她，由她去了。林秀珊最终在大庆的让湖路找到一份工作，在毛纺厂的食堂做饭。除了管吃管住外，她每月还能有四百元的工钱，这使林秀珊很知足。何况，让湖路离哈尔滨并不远，即便乘慢车，三小时左右也到了。

林秀珊和王锐并不是每周都能见上一面，但他们每周都会通上一个电话。三年来一直如此，风雨不误。林秀珊住的集体宿舍和王锐所住的工棚都没有电话，他们就想出了一个主意，把各自居所附近的一部公用电话当自家电话来用。现在电信业很发达，城市的街道上遍布着电话亭，你只需买一张 IC 卡就行。这些电话亭大都披挂着一个苹果绿色的罩子，人站在其中，就像是被它给揽在怀中了，所以林秀珊有时觉得电话亭是个情种。

林秀珊所用的那个电话亭，是王锐帮助她选定的。它离毛纺厂只有五分钟的路，在车水马龙的大街上。街边矗立着一排宛若翠绿的屏风似的高大的杨树，电话亭附近还有一个公共汽车站。王锐觉得这个电话亭最适合妻子，街上车来人往，杨树在风中会发出口琴一样悠扬的响声，这样不仅妻子的安全有了保障，还有了一股浪漫的情调。而他自己所用的电话亭，三年来已经变了四次。一幢楼竣工后，他们会去下一个建筑工地，电话亭就要随之变更。通常是林秀珊在每周五的晚上七点来等王锐的电话。明明知道见到的是电话，而不是王锐，可她每次来总要梳洗打扮一番，好像王锐传过来的声音长着眼睛一样。因为双方均处于嘈杂的环境，他们不得不大声地说话，有时简直是在吼，不然对方会听不清。他们每次相会，总要在电话中约定一个时间,林秀珊去哈尔滨找王锐,或者王锐来让湖路看她。他们从来都是如约前往,从未像今日这么心血来潮地突然不约而同地去看望对方。

几乎是在林秀珊登上火车的同时,王锐也开始了去让湖路的旅行。每次探望林秀珊,他都要穿上那套花了七十元在夜市买的藏蓝色西装,它面料低劣,做工粗糙,不是腋窝开线了,就是裤裆开线了,林秀珊常常在缝补的时候取笑王锐,说他:“裤裆开线我知道为啥,可是你的腋窝长了什么稀罕物,也会开线?”王锐就揪着妻子的耳朵说:“我看你要学坏了!”他脚上的皮鞋,是冬季时在一家小商铺买的。冬季买夏季的商品,折扣率很大,这双原价一百二十元的皮鞋,只花了六十八元就买下来了。由于降价处理的皮鞋断码,王锐没买到适合自己的尺码,这鞋比他平素穿的整整大两码,所以他不得不垫两副鞋垫,不然走路会掉鞋。

王锐去看林秀珊,通常是在双休日的第二天晚上。林秀珊的宿舍住着五个人,他们睡在那里不方便,就到附近的私人旅馆的地下室开一间房。虽然一夜只有二十五元,已令他们心疼不已了。他们聚在一起,先是要热烈地做完爱,然后才会把攒了许多天的话一股脑儿地说出来。王锐会跟她讲他在哈尔滨听到的新鲜事:酒店的食客吃蚌壳吃出了珍珠;浪荡女人看上了别人家的男人,把自己的丈夫给杀了;一头从郊区走失的牛把交通堵塞了一个多小时;居民区飞来了猫头鹰等等。有一回王锐讲他公司的老总带着他的宠物狗来视察施工进程,说那狗个头很高,纯黑色,大约值三四万元。这狗在家里有单独的居室和床。林秀珊听完后哭了,哭得很哀伤,把王锐吓了一跳,忙问她怎么了?林秀珊抽抽噎噎地说:“我们在城市里没有自己的一张床,可你们老总家的狗却有。”王锐笑了,说:“那我也不做老总家的狗,我还是要做你的狗,没有自己的床,我们睡在街上也觉得美!”林秀珊不像王锐那样爱讲外面的事,她跟王锐说的都是发生在同一宿舍的人身上的琐事:王爱玲又做了一次流产;肖荣的头发脱得厉害,脚跟裂了口子;吴美娟这一段夜夜放臭屁,熏得大家头昏脑涨的。再不就是,王鹃笨得织毛衣不会上袖子等等。往往没等林秀珊说完,王锐就起了鼾声。林秀珊就会在枕畔轻轻揪一下丈夫的耳朵,嗔怪道:“做完你的美事你就没心思听我的话了,以后我要先和你说话,后做事。”然而到了下一次,他们依旧是急不可耐地先做事,后说话,而轮到林秀珊说话时,王锐的鼾声如潮水一样袭来。林秀珊很心疼丈夫,他在工地干了一天活儿,夜晚时再乘上几小时的慢车,赶到让湖路时已是晚上九十点钟了。第二天在睡意正酣时,他又要起早赶凌晨的火车回去,生怕误了工。林秀珊怕王锐起晚了,特意买了一个闹钟,无论冬夏,只要王锐来探望她,闹钟总要被设置到凌晨三点。因为王锐要在八点前赶到工棚。闹钟本来应该是万无一失的,可为了保险起见,林秀珊索性不睡,她和闹钟一起等待着唤醒丈夫的那一时刻。在她的心目中,闹钟跟人一样是有脾气的,赶上它哪一天气不顺了,不想充当叫醒者的角色了,那么他们醒来的一瞬所见到的太阳,一定就是砸向他们生活的冰冷的雪球。不过王锐从不知道妻子这样为他守夜,更不知道在暗夜中林秀珊用手指无限怜爱地在他胸脯上抚来抚去。她还常常情不自禁悄悄地在他脸颊亲上一口。她不敢使劲儿亲，怕弄醒了丈夫。

有时看王锐太辛苦，林秀珊就主动在固定的约会日期中去哈尔滨。他们会在工棚附近找家私人旅馆，美美过上一夜。林秀珊的旅行包里，除了装着牙具之外，还要装上闹钟和一条花床单。私人旅馆的床单总是污渍斑斑，睡在这样的床上，就有掉进了臭水沟的污浊感，所以林秀珊花三十多元钱买了两米斜纹布的花布做床单。这床单碧绿的地，上面印满了大朵大朵的向日葵。躺在上面，就有置身花丛的感觉，暖洋洋的，似乎能闻到一股淡淡的馨香。他们每次进了旅馆的第一件事就是闩门，然后铺床单。王锐一俟床单铺好，就迫不及待地熄了灯。他们在黑暗中窸窸窣窣地脱衣服，这声音总让林秀珊联想到老鼠夜间在碗柜上偷吃东西的声响。通常都是王锐脱得快，他赤条条地钻进被子里面，对林秀珊说的话总是那句"快点儿——"，林秀珊常常是越想快越出乱子，不是裤子的拉锁被拉错了位，生生地卡住了；就是衣领的挂钩把头发缠住了；再不就是摸黑解鞋带时，把鞋带弄成了死结，鞋子就像癞皮狗一样咬着她的脚踝不松口。几次尴尬之后，林秀珊在和王锐相会时就尽量穿那些好脱的衣服，衬衣不带领钩和袖扣，裤子是那种宽松的不带拉链的，鞋子是一褪即下的不系带的船形鞋。这样林秀珊能尽快地投入到王锐的怀抱。他们脱衣服时，就像不太会剐鱼的人把剥下的鳞片弄得四处皆是。在闹钟响起来的一瞬，他们打开灯来，往往会发现袜子飞上了暖水瓶，本该是成双的鞋子，一只在门口，一只却荡进了床底。有一次，她的胸罩竟然落进了洗脸盆里，那里存着半盆漂浮着死苍蝇和烟蒂的脏水，弄得她以后再戴这胸罩时总要蹙蹙眉，好像这胸罩曾是美少女，而今沦落风尘，总让她觉得别扭。

他们也有扫兴的相会。比如林秀珊有一回满怀温情地去哈尔滨，火车刚开不久，只觉得身下一热，她暗自叫了一声“不好”，去厕所一看，果然见身下飘荡出红丝带一样的鲜血。本该一周后才来的月经，偏偏提前到了，这不速之客自然让她心生懊恼。这样的“客人”来了也就来了，你是打发不掉的。林秀珊委屈极了，她一见到王锐，泪水就扑簌簌落了下来。王锐以为老家下三营子的家人出了事，吓得嘴唇都青了，问清原委后，在长吁一口气后，他也不由叹口气说：“我就把你当成商店玻璃橱窗里的模特，看看不也好么？”林秀珊破涕为笑，嗔怪他，“你让我待在玻璃橱窗里，这不是想闷死我么？”王锐说：“我要有闷死你的意思，就让我从脚手架上掉下来摔死！”他这赌咒本来是表忠心的，岂料说到了林秀珊最担忧的地方，她一旦在电视上看到建筑工人出事故的报道，就要为王锐担惊受怕多日。不是梦见他从高楼上坠下来了，就是梦见他砌墙时把自己砌在其中了，墙成了丈夫的坟墓。所以他们每次通电话的结尾或是相聚后告别时，林秀珊总要叮嘱王锐：“干活儿时小心点儿啊，留神着脚下，别踩空了；也别忘了注意头顶，谁要是抛个砖头下来，你可得躲着点儿啊。”林秀珊为此爱幻想，要是王锐生着一双翅膀多好啊，他要是不慎从脚手架上掉下来，落地后会安然无恙，就像老鹰从高空俯冲而下后，会稳稳实实地站在地上一样。王锐的脑壳要是钢铁铸就的就好了，这样砖头瓦砾落在头顶时，也奈何不了他。后来王锐与林秀珊约会前，在电话末尾总要小心而羞涩地问一声：“你身体方便么？”林秀珊有时调皮，就说“不方便”，但她随之笑了起来。她的笑声使王锐提起的心又放了下来,明白她这是开玩笑。林秀珊的笑声中,总是夹杂着人语或者汽车疾驰而过的声音，这使王锐觉得妻子的笑声很可怜,好像妻子的笑声是一根水灵灵的胡萝卜,嘈杂的人语和车流声是一把把无形的尖刀,削减了它身上许多的甜味和水分,令他心里很不是滋味。他为此很羡慕那些拥有手机的人,他们随时随地可以拨打电话。如果他和林秀珊都拥有手机,那么夜阑人静时,他们会说上几句温存的悄悄话。可他们知道,养一部手机,赶上他们养儿子的费用了。他们有一个四岁的儿子在下三营子,由林秀珊的娘家人带着,王锐和林秀珊每次拿到工钱时,都觉得儿子的脚踝从沙土中拔出了一截,他们立志要攒下一笔钱来,将来把儿子接到城里来上学。

慢车悠悠驶上了松花江大桥。王锐坐在靠着过道的三人长椅上,他望窗外,就得探着身子,把脖子伸得跟鹅一样长。偏偏靠窗的一个胖子在吸烟,他吞云吐雾不要紧,把窗外的风景给弄模糊了,王锐没有看到以往所见的波光闪闪的江水和漂荡在水面的游船,不由有些败兴。他想起身去别的窗口望风景时,火车已经在震颤中跃过江桥,踏上郊外的农田了。王锐不喜欢看农田,他在下三营子的农田里摸爬滚打了多年。他家祖祖辈辈都是种田的。他初中毕业的那年初春,就被父亲从乡里给领回下三营子村务农。父亲教育他的话永远都是:认得字再多,也不能当粮食吃。王锐在家排行老三,作为“龙凤胎”的哥哥和姐姐都是农民,他们只念到小学,只有他读到了初中。王锐回到下三营子后第一次跟父亲去农田劳动,他在和煦的阳光中边撒玉米种边哭泣。那一年的玉米大丰收，他相信是种子沾染了他泪水的缘故。

林秀珊比王锐小两岁。王锐牵着牛去大地耕田时，常见林秀珊在周末时坐着手扶拖拉机去乡里上学。下三营子只有小学，林秀珊读初中跟王锐一样，必须去乡里。在那几个上初中的女孩中，王锐最相中的就是林秀珊。她虽然模样一般，但总是笑盈盈的，似乎不知道忧愁的滋味。王锐知道林秀珊家跟自己家一样贫穷，她的哥哥结婚都是借的债，父亲得了半身不遂后家里更加拮据，料她读到初中就得跟他一样回家务农了。当时王锐虽然只有十七岁，但他暗下决心，一定要娶林秀珊。果然，两年之后，林秀珊带着行李回到了下三营子。林秀珊不像王锐失学后第一次下田时委屈得直落泪，她在路上饶有兴致地捡着地上的石子打麻雀玩儿。每打一下，都要笑一声。悄悄跟在她身后的王锐听到她的笑声，觉得下三营子的土地蓦然变得开阔了，天也显得高远了。以往他讨厌牛身上散发的气味，讨厌在树上鸣叫的蝉，讨厌在热浪滚滚的玉米地里劳作，讨厌那鸡冠色的晚霞，现在他觉得这一切都是可爱的了。他观察到林秀珊喜欢唱歌，就起了无数个大早，到玉米地去练唱，岂料他五音不全，没能把一首歌唱成歌的样子，他气馁了。后来他想林秀珊喜欢歌，就一定喜欢听口琴，于是就请求家人出钱给他买个口琴。父亲坚决反对，说是买个口琴顶上几袋粮食了，不能浪费这个钱。哥哥也说，一个农民吹着口琴，给人一种不务正业的感觉，不能买，再说买了他也不会吹，等于领个哑巴回家。王锐为此绝食三天，母亲怕小儿子有个三长两短的，就偷着塞给他一百元钱。口琴在村里的商店绝无踪影，王锐去了乡里，乡里也没有，他又从乡搭乘长途车去了县城，总算如愿以偿买到了口琴。那长条形的扁扁的口琴落入他手中时，他感觉握着的是林秀珊的手。王锐买的是比较便宜的一种，他喜欢那嵌在琴身里的两行绿色方格小孔，感觉那里面长满了碧绿的青草。而最贵的那个口琴，琴身中用以发音的铜制簧片上镶嵌的小格子是红色的。王锐想，若是吹这样的口琴，会觉得口唇出血，流进琴身中了，没有那种美好的感觉。由于母亲只给了他一百元钱，除去进城的路费和买烧饼用以果腹的钱，余下的钱只够乘车到张家铺子的。王锐索性就从张家铺子一路走回家去。其间他搭过两次农用三轮车。饿了，就偷地里的萝卜吃；渴了，就到路过的河里掬一捧水喝。夜晚宿在野地里，望着满天星斗，他不由得捧着口琴，悠然吹着。他感觉每一个琴音都散发着光芒，它们飞到天上，使星星显得更亮了。当他怀揣着心爱的口琴回到家里时，有个邻村的姑娘正在家中等他。这姑娘是媒婆金六婆领来的。金六婆一口黄牙，但她的黄牙比下三营子人的黄牙值钱，是金牙，她的手指上还戴着一枚金戒指。她是下三营子最富的人，不用种地，只靠给人保媒拉纤，过得衣食无忧。王锐生得一表人才，瘦高个，棱角分明的脸，鼻梁挺直，眼睛不大，但很有神，而且言语不多，金六婆说他天生一副“贵人相”，可惜投胎到了穷人家。她说王锐若是生在富人家，去城里念了大学，一准能做骑马坐轿、呼风唤雨的官人。她早就跟王锐的父母许愿，要给王锐说个这方圆百里最俊俏的媳妇。她领来的姑娘也的确俏丽，瓜子脸，弯而细的柳叶眉，鼻子和嘴生得也好，一双杏仁眼看人时含情脉脉的，她看了一眼王锐，就抿着嘴笑了。而王锐一看她，心却凉了半截。他的心里只有一个其貌不扬的林秀珊。母亲悄悄把王锐拉到灶房，对他说："这姑娘比你小一岁，多俊啊！她爸是水杨村的村长，两个哥哥都成家立业了，大哥是养猪专业户，二哥在县畜牧局当局长，家里趁着呢！"王锐步行归来，疲乏得像拉了一天石磨的驴，本想喝上一碗热粥后蒙头大睡，不料从天而降一个"林妹妹"。他急得脑袋发晕，说："我不喜欢她，让金六婆把她领走吧。"母亲急了，她狠狠地用手指点着王锐的脑门儿说："你真是个死脑瓜子，怎么这么不开窍呢？这姑娘可是天上难找、地上难寻啊，错过了她，你会后悔一辈子！"王锐说："我嫌她长得像林黛玉，太单薄，没福相！"母亲虽然大字不识，但也听过《红楼梦》的故事，她气急地说："你还以为自己是含着通灵宝玉来到人世的贾宝玉啊？你天生就是当牛做马的命！不是你模样比别人长得好，你连秀姑都娶不上！"母亲的话更激起了王锐的反感。秀姑是下三营子有名的痴呆，已经三十岁了，整日走街串巷地游荡，一样家务活儿都不会做。她见了女人从不说话，总要不屑一顾地啐她们一口，好像别的女人不配活着，下三营子只该她一个女人喘气才对。而见着男人，无论长幼，总要笑嘻嘻地上前拉人家的手。王锐就被秀姑扯过两回手，一回在豆腐房门前，秀姑对他说："我给你暖被窝去吧！"王锐挣脱了她，说："我有热被窝，不用你暖！"还有一回，王锐去食杂店买灯泡，被秀姑撞上了，她格格笑着拉了一把王锐的手，说："你长得美，我想吃了你！"吓得王锐掉头跑回家中，连灯泡也没买。家里的灯泡烧坏了，一家人都坐在黑暗中。见王锐空手回来，就问他缘由，王锐如实说了，家人都嘲笑他，"一个秀姑就把你吓着了，亏你还算个男人！"

母亲说秀姑都不会跟他，等于羞辱了王锐。他冲动地说："好了，我连秀姑都娶不上，我打一辈子光棍好了！”这话被里屋的姑娘听到了，她不再像先前那样抿着嘴端端正正地坐着了，抬腿就走。她边走边对金六婆说：“三条腿的驴不好找，两条腿的男人遍地都是！”先前的文静之态荡然无存了。金六婆气得骂王锐：“你可真是不识抬举，给你送只金凤凰来你都不识！”王锐说：“我家是个草窝，养不住金凤凰！”金六婆领着姑娘讪讪地走了。家人都埋怨王锐，王锐说：“我心里有人了。”家人追问这人是谁？王锐说：“娶她时你们就知道了。”他相信那把口琴能帮他赢得林秀珊。没想到几天之后，家里的耕牛突然不见了，跟着，放在野地里的两只羊也失踪了。正当王家为失去了牛羊而急得四处疯找时，金六婆嗑着瓜子来了。金六婆说：“那姑娘可是一眼就相中了王锐。王锐跟了她，她爸答应置办全套嫁妆，你们家的牛羊，损一补十！”王家人至此恍然大悟。王锐的父母想那姑娘家如此霸道，若是她进了王家的门，全家还不得把她当祖宗一样供着啊？王家人便对金六婆说：“我家水浅，养不住这条美人鱼！”金六婆说：“活该你们家受穷一辈子！”王锐知道家中牛羊的失踪与那姑娘家有关，他就不动声色地去了水杨村。他果然发现自家的牛羊在村长家的牲口棚里！王锐自知势单力薄，所以他是有备而来。他用塑料胶管装上沙土，缠绕在身上，又用塑料薄膜裹了几块砖坯的碎块绑在身上。当他牵着牛羊从村长家的牲口棚里出来时，村长和他身强力壮的儿子拦住了他的去路。王锐厉声说：“给我闪开！”村长说：“你擅自闯入我家牲口棚，偷我家的牛羊，这是盗窃！我让人把你送到派出所去！”王锐沉静地说：“这是我家牛羊，我领它们回家理所应当！”他刚说完这话，村长的女儿从屋里出来了。她撇着嘴对王锐说:“你说这牛羊是你家的,你叫它们一声,它们会答应吗?”王锐说:“别以为牛羊跟你们一样没人性!”他吆喝了一声,一直沉默着的牛羊果然发出了温存的回应,牛哞哞叫了两声,而两只羊咩咩地叫个不停。姑娘说:“这也不能说明它们就是你们老王家的!”王锐“刷”地一下脱下外衣,他身上披挂的那些伪装的雷管炸药一览无余地暴露出来,他手握打火机,“咔”地弹出一炷火苗,说:“你们敢不让我牵回牛羊,我就与你们同归于尽!”村长吓得腿都软了,而姑娘则捂着耳朵跑回屋里,边跑边说:“快放他走吧!”村长的儿子赔着笑脸对王锐说:“兄弟,别激动,你说这牛羊是你家的,你领回去就是。你这么年轻,千万别做傻事!”王锐说:“你们搅得我们家鸡犬不宁,我也不会让你们好过!”村长说:“怪我有眼无珠,小瞧了你。你走吧,只是你赶紧把打火机给灭了,我家的瓦房可是新盖的,要是炸飞了可怎么办?”王锐说:“我警告你,以后再敢欺负我家,我就把县城的几个黑道的哥们儿都叫来!你们别看我外表蔫,实话告诉你们,我跟人劫过出租车,调戏过别人家的小媳妇,把一个不听我们话的人打成了残废!将来我家里发生任何事情,我都要算在你们身上,不会放过你们!从今天起,你们就为我们一家人的平安烧香磕头吧!”村长父子差点儿没吓得尿了裤子,赶紧让开路,让王锐和牛羊赶快走。王锐就擎着燃烧的打火机,大摇大摆地横着肩膀晃荡出村长家。一出了水杨村,他就软了腿脚。心想万一村长识破了他身上捆绑的是假雷管炸药,他又如何牵得回牛羊呢?牛羊的失而复得使王家人分外高兴,王锐只是说在邻村的庄稼地里找到了它们,并没说自己的“壮举”,他怕吓着家人。果然,从那以后,村长家再没有对王家“挑衅”。王锐想村长也许庆幸没把女儿嫁给他这个“亡命徒”。只是金六婆见着王锐总是如惊弓之鸟一样绕着走,再也不敢登王家的门为他“说媒”。王锐也就用那把口琴,堂而皇之地为自己“说媒”,如愿以偿地追求到了林秀珊。

慢车的车厢里坐着的大都是衣着简朴、神色疲惫的旅人。从他们的装扮和举止上,可看出他们大都是生活中的低收入者。这是中秋节的日子,不少旅客携带着月饼。林秀珊想这火车上的人大多都是为着和家人团圆而出门的。林秀珊不像别的旅客看上去无精打采的,她坐在靠窗的位置,一会儿望窗外的风景,一会儿打开旅行包,翻翻里面的东西。与以往不同的是,包里除了装着牙具、床单和闹钟外,还多了一袋月饼和一把口琴。王锐用以追求林秀珊的旧口琴,早已残破不堪,如今它成了儿子手中的玩具。儿子出生后,王锐就不再吹口琴,虽然他们在闲聊中还要常常提到它。王锐当时也没求教任何人,凭着自己的反复练习和摸索,竟然能把会唱的歌完整无误地吹奏出来。林秀珊在下三营子时是多么喜欢听那悠悠的口琴声啊。王锐经常在她家的农田尽头吹,林秀珊的哥哥和嫂子看穿了王锐的心思,他们一听到口琴声,就对妹妹说:“鸳鸯求偶来了。”林秀珊也不害羞,她笑吟吟地说:“我听了这琴声心里舒坦,我要是嫁人,就嫁他吧。”哥哥说:“你要是想常听这口琴声,就别让这小子一下子把你追求到手了。他追不到你,会一直把口琴吹下去,要是把你娶到家中了,也就没那情怀了!”林秀珊认为哥哥的话说得在理,就若即若离地和王锐交往,她也果然如饮甘泉般地把口琴声听得透彻、舒畅、如醉如痴。他们结婚时，那口琴的发音已经沙哑得如同老妪了，但洞房花烛夜时，林秀珊还是让王锐为她吹了一支曲子。怕家人笑话他们在那样的夜晚还要吹口琴，他们就把两床被子合在一起，关了灯，钻到被窝里吹琴和听琴。王锐憋得直喘粗气，而林秀珊被捂得满头大汗。最终那支曲子没有吹完，两个人都像获救的溺水者一样从被窝里迫不及待地拔出头来，透彻地喘气，并忍不住笑了起来。被大人怂恿来听窗的小侄听见这对新人的笑声，跑回父母房里大声报告："我听见他们俩的声音了，是笑声！原来结婚的人晚上睡觉时得笑啊！"

林秀珊已经好几年没有听见王锐的口琴声了，她为此想得慌。有一回她跟王锐说："真想听你再吹吹口琴。"王锐说："以前那个太贱，现在要买就要买好的，这起码要一百多块钱，够我来看你两三趟的了。等有一天发了横财，买个最好的口琴，我用它当闹钟，天天早晨用琴声叫醒你！"

每到开工资的日子里，林秀珊总要去一趟银行。她会留下一百元钱作一个月的零用钱，其余的都存起来。除了到换季时节，她平素几乎不添置新衣裳。她用最便宜的牙膏和香皂，从来没使过化妆品。一支牙刷足足能使一年，刷毛最终像一蓬乱草纠缠在一起，它们像鱼刺一样，常把她的牙龈刮出血来。她用的月经纸，不是那种包装精美、透气性能好的卫生巾，而是价格低廉的卫生纸。她把它们一摞摞地叠成卫生巾的样子。她和王锐相聚的晚餐，至多不过到小酒馆要两盘水饺或者是两碗肉丝炸酱面。大多的情况下，他们会到人声鼎沸的大排档喝上两碗馄饨。王锐不像林秀珊每月能拿到钱，他总是要等到一个工程完工后，才能见到现钱。而最终到手的钱，与当时公司许诺的总要少上几百。冬季感冒流行时发的板蓝根冲剂和病毒灵，端午节吃的粽子和鸡蛋，最终又摊派到工人们身上。公司还常以施工质量不过关来克扣他们的工钱，令他们无可奈何。林秀珊去过王锐住过的几个工棚，它们的格局都是一样的，进门就是一溜长长的木板通铺，那铺上相挨相挤地摆着几十套叠得歪歪扭扭的行李，铺下是旅行包、脸盆、鞋子等杂物，而狭窄的过道只能容一人走过。王锐说有时候晚上累乏了，工棚里灯光又昏暗，他们常常有钻错了被窝的时候。林秀珊每次看到通铺上丈夫的那一条铺位，心里都会一阵阵地抽搐。他们的钱得之不易，所以在花钱上，他们总是格外的仔细。他们探望对方，乘坐的永远都是票价最便宜的慢车。他们每年最大的开销，就是春节回乡。不但要给家人买上衣服、鞋帽等礼品，还要给双方的家里都留一些钱，用以买种子和化肥。下三营子的庄稼收成一年不如一年，但农民还是满怀希望地连年把种子撒下去。有的农户哪怕是借债，也要在春季时去播种。而这些种子即使没有被风沙刮走，艰难地发了芽，长了苗，也往往由于干旱而颗粒无收。留在下三营子种地的，基本都是老人。年轻力壮的，都出去打工了。由打工引起的五花八门的故事也就层出不穷了。有人外出受了骗，转而又去骗别人，锒铛入狱；有人看到外面的花花世界动了心，把挣来的钱扔在了“三陪女”身上，回到下三营子就和老婆闹离婚；有的在打工时受伤落下了残疾，而雇主对此不理不睬，迫不得已走上了艰难的打官司的道路。比起其他的打工者，王锐和林秀珊是幸运的，他们虽说也是艰辛，但最终还是能把钱拿到手中。更为难得的是，他们身心安泰，相亲相爱，不似有的夫妻，一旦离开下三营子，就挣断了婚姻的根，各奔东西了。

林秀珊想给王锐买个口琴的愿望已经不是一天两天了。这次能舍得买，完全是因为她意外得到了六十元钱。毛纺厂每逢节日时，会给工人搞一些福利。比如端午节分鸡蛋，中秋节分月饼等等。在食堂工作的人，只有她不是正式的，所以轮到分东西时，总没她的份儿。林秀珊早已习惯了大家欢天喜地地分领东西，她在一旁淘她的米，择她的菜。可这回中秋节却不同以往，林秀珊破例分到了毛纺厂自家生产的一床拉舍尔毛毯。前几天上任的后勤主任来察看食堂工作，林秀珊正套着条油渍斑斑的大围裙"咣——咣——"地用小斧子砍猪脊骨。在副食店中，猪骨头分为三等，最贵的是扇骨，称为"净排"，最便宜的是大骨棒，居中的是三角形的脊骨。食堂买来的多数是脊骨。剁脊骨需要力气和技巧。有力气而无技巧，容易把脊骨剁得支离破碎的，而有技巧却无力气，脊骨上的伤痕就会跟鱼尾纹一样多。林秀珊剁脊骨，总是一斧子就下来一块，脊骨大小相等，均匀适中，易于烹煮。后勤主任见林秀珊剁脊骨十分在行，就站在她旁边看了几眼。林秀珊毫无知觉，当她剁完脊骨抬头的一瞬，看到了后勤主任打量自己的目光，那赞许而又满含欣赏的目光让林秀珊红了脸，她受不了男人对她的好目光。就是婚后王锐带着欣赏的成分多看她几眼，她也会脸红。后勤主任问林秀珊是哪儿的人？林秀珊说是下三营子的。后勤主任不知道下三营子在哪里，就问她，结果林秀珊给他解释得一头雾水。她不说这个村属于哪个乡，又归属哪个县，而是说从让湖路乘慢车，坐上十几小时后换另一列火车，再坐三小时后换乘汽车，过四小时就到了。不但后勤主任听糊涂了，灶房的其他人也听糊涂了,大家笑了起来,把本来已经红了脸的林秀珊笑得脸更红了,红得就像她刚刚剁下的脊骨里嵌着的肉。食堂组长王爱玲对林秀珊一向很好,她就趁机跟后勤主任夸赞林秀珊脾气好,能吃苦,温顺,说她每个月除了四百元的固定工钱外,从来没有享受过任何福利,可她从无怨言。后勤主任就一挥手说:“过几天是中秋节,无论分什么,都给她一份!”这真出乎林秀珊的意料,仿佛童年时在故乡的地根河望水中的明月,总以为那是虚假的。直到两天前她真的跟正式工人一样得到了一床色彩鲜艳的拉舍尔毛毯,才信以为真。这种毛毯在百货公司大约要卖二百, 就是出厂价也在一百四十元左右。林秀珊第一眼看见它,眼里就横出一条口琴的形象。她的铺盖是毛纺厂配备的:一条棉花有些板结的褥子,一床蓝方格被子。虽然褥子有些硬,被子嫌薄了些,可她觉得她用毛毯太奢侈了。她也知道毛毯垫在褥子上柔软舒服, 而冬天暖气不足时加盖在被子上会分外暖和,可她不舍得用它。她打算着到农贸市场悄悄把它卖掉,用所得的钱给王锐买个口琴。农贸市场里经常有流动的商贩,一看他们的装扮,就知他们是郊县的农民。他们背着一袋瓜子或是挎着一篮核桃、一篮蘑菇、一篮野果子等等,提着一杆秤,游走着做生意。他们做生意不像那些有了店铺的人那般理直气壮,他们吆喝时总是东张西望的,唯恐被市场管理所收税的撞上。若真是看见戴着大盖帽、穿着蓝灰制服的人走过,他们会吓得落荒而逃。这种做生意的方式很辛苦,又很有趣和冒险,林秀珊早想一试,可惜没什么可卖的东西。现在这床拉舍尔毛毯适时而来,她就想做一回生意人。她给它在心中定了个价格,别低于一百二十元。当她在一天晚饭后提着它要去农贸市场的夜市时，王爱玲叫住了她。王爱玲说，她弟弟快结婚了，她手中也分了一床毛毯，正想着再买一床凑成双，不如林秀珊把它卖给自己，省得她费口舌和精力。万一卖不掉，被收费的人发现了，东西没收了不说，还得交罚款。林秀珊就爽快地说，干脆你就把它拿去吧，算我送你弟弟的结婚礼物！林秀珊明白，没有王爱玲，她也不会得到这份“福利”。王爱玲说：“那怎么行，你要是不要钱，我宁肯再买一床！”林秀珊说：“那行，你就少给我点儿钱吧。”王爱玲掏出一百元给她，林秀珊心里“咯噔”了一下，心想这比她要卖的少二十块呢，她仿佛看见王锐的口琴有几个小孔不会发音了。但她嘴上说的却是：“太多了！太多了！”两个人各自虚伪地争执着，一个非说给多了，一个非说给少了，最终林秀珊要了王爱玲六十元钱。刚开始她有些沮丧，觉得王锐的口琴有一半不能发音了，但她很快又高兴起来，因为王爱玲许诺她，中秋节时给她一天假，让她去哈尔滨看望王锐，这真让她喜出望外。她从银行取出一百五十块钱，加上那六十元，给王锐买了一把价值一百三十元的口琴，又买了一袋月饼，余下的钱用于购车票和到哈尔滨吃住的费用。

林秀珊抚摩着口琴，就像触到了王锐柔软温热的唇。她要给他一个惊喜。她估计王锐上午在工地，打算着下车后就直奔工地找他。中午两个人可以在一家小饭馆叫上两屉蒸饺，晚上时吃月饼。她打算晚上六点之后再去登记房间，不然，要多交半天的房费。

慢车就像一个惯于施舍的人，对于那些快车不屑于停靠的小站，它却仁慈地站下来了。它走一走，就要停一停。一般的旅客厌烦慢车的这种“逢站必停”，林秀珊却不。那些小站常让她想起下三营子。下三营子不通火车，连这样的小站都没有。要是火车对所有的小站都呼啸着一掠而过，那不就跟财大气粗的人对沿途的乞讨者置之不理一样可恶么？上下小站的人大都神色倦怠，衣着破旧，他们看人时的表情有几分呆滞，几分胆怯，几分平和，又有几分微微的好奇。有的慢车不对号入座，上车的旅客就先要紧张地奔着空位置东蹿西跳，往往没等他们坐下来，火车就启动了。火车在小站的停车时间通常是三分钟，最长的不过五分钟。上下车的人永远都是慌慌张张的。林秀珊在火车上坐得闷了，就喜欢打量新上来的乘客。有的妇女的花衣裳好看，她就盯着人家的衣裳看；有的小孩子的脸蛋红扑扑的，她就盯着小孩的脸蛋看。有一回她见一个男人的发式好看，就盯着人家的头发看，心想王锐若是梳个这样的发式也不错。结果那个花心的农民以为林秀珊看上了他，悄悄地把腿从茶桌下伸到她腿旁，轻轻地踢她，暗示和试探她。林秀珊就张开嘴，长时间地把一口黄牙暴露出来，宛若打开粮仓晒金灿灿的玉米一样，这一招果然把那男人吓着了，他连忙起身去寻别的座位，林秀珊就合上嘴，趴在茶桌上偷偷笑了。她想，幸亏没给自己的这口坏牙做美容，它们的丑陋是射向那些对她心怀不轨的人的子弹。

林秀珊看了一会儿口琴，把它放回包里，又调皮地玩儿了一会儿闹钟，依然又把它放回包里。虽然已是初秋了，风微微凉了，可阳光却依然明媚。她仰望蓝天下的那一朵朵雪白的云——它们在她读过的小学课文中被比喻为羊群。林秀珊觉得再贴切不过了。她想天上放出来的羊群到底是不一样，它们肥美而洁净。只是她不知牧羊者是谁。是太阳么？也许是，因为太阳投下的光在她看来就像一条条羊鞭。

林秀珊是个有着奇思妙想的人，比如这火车的车轨，在她眼里分明就是两条长长的腿。而城市街道上伫立着的电话亭，在她看来就是一只只大耳朵。现在她的包里多了一把口琴，她就觉得这不停发出声响的火车是一把琴，而能让这琴发音的，是那弓弦一样的铁轨。现在她是坐在一把小提琴上去看望王锐，生活中还有什么比这更美好的事情呢？火车响着，车厢内有说话声、咳嗽声、小孩子的哭闹声，而窗外又有公路上汽车的喇叭声传来，她觉得这些声音都是帮助这列小提琴似的火车来合奏一首内容丰富的乐曲的。她喜欢这样的声音，嘈杂、琐碎、亲切、温存。

慢车经过龙凤站时，王锐的对面上来一对男女。女人被搀扶着，面色苍黄，有气无力的。搀她的瘦高男人刀条脸，一嘴的酒气。王锐猜他是那女人的丈夫。女人虽然满面病容，但她的美丽仍然像河面上的月光一样动人。她坐下来后哀怜地看了一眼王锐，王锐就很想问候她一声。他的包里，有几个橘子，两块月饼，还有一条丝巾。月饼是他要和林秀珊赏月时吃的，而丝巾是要送她做礼物的。让湖路春秋时风大，林秀珊早就想拥有一块丝巾来包裹头发，可她一直没舍得买。王锐就在国贸地下商城的摊床为妻子买了一条蓝地紫花的丝巾。他不敢去大商城，那里的商品贵得令人咋舌，而地下商城的东西，从来都可以讲价。这条要价六十元的丝巾，他花了三十五元就买下来了。他先是要了蓝地白花的，它豁亮极了，一眼望去像是晴空下飘荡的一片白云。后来他怕妻子戴这样的丝巾太招人眼，万一她在周五的傍晚等他的电话时戴这样的丝巾被坏男人盯上了怎么办？于是他就换了一条蓝地紫花的，它不那么显眼，也很漂亮，有如暗夜草地上的花，虽然看上去影影绰绰的，但给人一种典雅的美。既然丝巾和月饼是不能给对面的女病人的，王锐就掏出一只橘子给她，说："吃个橘子解解渴吧。"那女人努力挤出几丝笑容，摇了摇头。而她身边的男人，充满敌意地瞟了他一眼，对那女人嘀咕了一句："你病成这样了，还这么勾人的魂儿！"王锐很想说那男人几句，你女人病成这样了，怎么还说风凉话？可他怕人家骂自己多管闲事，也就没说什么，并且在那女人摇头之后，把那个没送出去的橘子又收回包里，免得惹是生非。那男人坐下来后点起一支烟，在烟雾中眯缝着眼问王锐："兄弟，去哪儿啊？"王锐没说目的地，而是说了他要看望的对象："看媳妇去！"这时那女人扬着手对男人说："我还是痛，再给我一片止痛药。"男人一手掐着烟，一手在兜里翻腾药片，数落那女人："我早就跟你说过，跟着情人跑的人是没有好下场的！你精精神神、漂漂亮亮的时候他就跟你欢欢喜喜的，你一旦有个病有个灾，他就一脚把你踢出门了，还不得原来的主儿侍候你?!你保证以后不跟你那情人交往了，我就把酒戒了，烟也戒了，你就是要天上的月亮，我也会架个云梯给你去摘！"说完，他摸出药片，把它填到女人嘴里，又从旅行包里拿出矿泉水瓶，拧开盖，喂那女人吃药。女人大约嫌他在陌生人面前揭她的短，吃过药后，就合上眼睛佯睡了。王锐这才明白，这女人原来有个情人！先前对那女人的同情也就一落千丈，他忽然同情起对面的男人来了。他想林秀珊若是跟了别人，他可没有这么宽阔的胸怀再接纳她。王锐主动问那男人："大哥，回家过八月十五啊？”那男人说：“对，回讷河。”王锐指着那女人问：“你媳妇？”那男人吐了一口痰，说：“哼，是我媳妇！”他瞪了那女人一眼，叹了一口气，说：“你说去看媳妇，那么你和媳妇是两地生活啊？”王锐点了点头。那男人狠狠地吸了一口烟，说：“不是我喝多了跟你说疯话，你听我一句话，赶快想办法整到一块儿吧，不在一块儿的夫妻不出事才怪！像我们，一个在讷河，一个在龙凤，你知道她天天晚上跟谁躺在被窝里数星星啊！”王锐笑了，他轻声说：“我媳妇可不是那种人。”那男人撇了一下嘴，一本正经地板着脸教训他：“兄弟，可别说大话，自古以来最不敢打赌的就是自己的女人不出去养汉！”说完，他咂摸了几下嘴。他讲话时舌头微微有些发硬，足见他喝了过量的酒。王锐想他如果不喝那么多酒的话，也就不会当着陌生人不顾自尊、口无遮拦地展览“家丑”了。林秀珊就说过酒是“魔术水”，人若是喝多了它，完全就不是本来的样子了，文静的女人变得浪荡了，木讷少言的男人变得跟八哥一样喋喋不休了。王锐就和妻子开玩笑说：“哪天我把你灌醉了，也让你浪荡浪荡！”林秀珊说：“你嫌我不风骚，是不是？”王锐说：“你要是真学得风骚了，我在工棚里还不得夜夜失眠啊。”林秀珊就露出她那一口黄牙，带着几分娇嗔，几分得意，几分甜蜜，如盛开的金莲花一样地笑了。

车厢的过道里响起了流动小货车走来的吱扭扭的声音。那男人掐灭了烟，神情亢奋地吆喝货车停下来，要了两瓶啤酒，一袋花生米，两根香肠。他用牙齿把两个瓶盖麻利地咬下来，递给王锐一瓶，说：“兄弟，吹一瓶吧！”王锐连忙说：“我不会喝酒，你喝你喝！”那男人边撕花生米的包装袋边说：“酒是好东西啊，喝了它心里舒坦！”说完，他耸了一下肩膀，说：“有时我觉得心里乱七八糟的，堵得慌，就像塞满了垃圾，可是酒一落肚，咳，就觉得心里敞亮了！酒就像小扫把一样，把那些脏东西都给我清除掉了！”他一用力，花生米的袋口被撕裂了，“哗”的一声，袋中的花生米有多半撒在地上，花生米咕噜噜地四处滚动，那男人骂：“我×，你们又不是黄花闺女，天生就是被人吃的，还溜，就是溜了，我吃不上你，老鼠也会把你们吃了！”他的话把王锐逗笑了。就连那女人也微微睁开眼，偷偷看了一眼对着遗落的花生米发牢骚的丈夫，嘴角浮出几丝不易察觉的微笑，然后又合上了眼睛。

王锐已经快到站了。他看着对面的男人咕嘟嘟地喝啤酒。一喝上酒，他的话就更多了。他骂这车厢里的腥臭气，说是不知哪个混蛋把变了质的鱼带上车了；他骂厕所的尿臊味，嫌乘务员个个是懒虫，不知道冲刷厕所。他还骂慢车跟婊子一样，逢站就要拉客。他很快干掉了一瓶啤酒，他在弯腰把空酒瓶摆在地上的时候叹了一口气，说：“唉，我老婆的水分就像这瓶里的酒，让情人给滋咕滋咕地喝干了，留给我的，就是个空瓶！可我还不舍得扔掉这个空瓶子！”说完，他站起身，无限怜爱地抚弄了一下那女人的头发。他的举动险些催下王锐的泪水，他对眼前这个看似粗俗、牢骚满腹的男人有了一股莫名的好感。所以当他在让湖路下车的时候，他紧紧地握了一下那男人的手，说：“回去过个好中秋节吧！”那男人嘟囔道：“咳，你怎么这么快就下车了？我还没跟你聊够呢！”

王锐步出站台时，心里不由得有了几分怅惘。他想万一林秀珊看上别的男人怎么办？他可不想让妻子的笑容开在别的男人的怀抱里。林秀珊曾跟他说过，毛纺厂传达室的老李对她很热情，有一次她去电话亭等王锐的电话，天忽然落起雨来，老李就打着伞来接她，一直把她送回宿舍。林秀珊说她头一回和别的男人合打一把伞，心里很紧张，有意识地与老李隔得远一些，结果半边身子淋在雨中，仍然弄得身上湿漉漉的。王锐当时与林秀珊开玩笑说："这老李分明是想把你弄湿了，让你浑身发冷，再说要为你暖身子！"林秀珊朝王锐的胸上猛捶了一下，说："我才不让别人为我暖身子呢！"王锐只见过老李一回，印象中他是个面目和善的人。他想今天他找林秀珊，一定要在传达室停一下，让老李看看他给妻子买的丝巾，让他明白他对林秀珊的爱有多么深。可他不知道今天是不是老李的班。传达室的两个人是轮流当班，每人值一天一宿的班后，会休息一天。

是上午十一点左右的光景，阳光强烈得直晃眼睛。王锐快步朝毛纺厂走去。沿途随处可见提着月饼和水果的行人，王锐明白他们这是为着晚上的那轮月亮而准备的。在下三营子过中秋节时，母亲会在院子里放上桌子，摆上月饼、瓜果来"祭月"。月饼和瓜果经过月亮的照耀后，人才会去吃它们。

王锐路过传达室时，特意看了一眼是谁当班，结果发现不是老李，这让他有些失望。那个人不认识王锐，他见王锐径直朝厂子大门走去，就吆喝他："喂，你站住！找谁去呀？"王锐停下脚步，说："找我媳妇林秀珊！"那人说："林秀珊一大早就提着包出门了，不在厂子里！"王锐说："这怎么可能！"那人说："你不嫌遛腿儿，就进去找找看！"他很有原则性地拿出一张单子，让王锐填上姓名，并查看了他的身份证，这才放他进去。王锐想这个人一定是看错人了，林秀珊在食堂工作,她怎么可能擅自出门呢?他很快走到厂区西北角的食堂,一推开灶房的门,就闻到一股炖肉的香味。王锐看见王爱玲在切白菜丝,其他两个人择着豆角。王爱玲一见王锐就惊叫道:“你怎么来了?”王锐说:“今天过节,工头给了我一天假,我来看看秀珊。”王爱玲撇下菜刀“哎哟”叫了一声说:“我们今天给了秀珊一天假,让她去看你,她一大早晨就去哈尔滨了!你赶快往回返吧!”王锐僵直地站在那里,好半天才醒过神来,他说:“这事闹的!”

王锐几乎是一路小跑着冲出毛纺厂。路过传达室门口时,那个当班的人对他说:“我没说错吧?”王锐没理睬他,直奔火车站而去。到了那里,立即买了一张半小时后开往哈尔滨的慢车票。他想林秀珊找不到他,一定会在工地等他。

正午了,王锐听见自己的肚子咕咕叫了。他花一元钱买了两个酸菜馅肉包子。那包子皮厚馅少,已经冰凉了,吃得他直反胃。本来就心急如焚,偏偏又听到广播说这列慢车大约要晚点十五分钟左右,这可真是火上浇油。王锐有个毛病,一旦着起急来,就有些小便失禁,他一趟接着一趟地往厕所跑。当年林秀珊生孩子难产,听着妻子喊天叫地的哭号声,他也是抑制不住地一遍一遍地跑出去撒尿。当儿子终于哭叫着降生了,他也尿得头晕眼花,快迈不动步了。

王锐每次从厕所跑出来,都要看一眼检票口上方的电子显示屏上打出的列车进站的信息。他生怕火车又抢回了时间,正点进站了,把他给甩下来。虽然凭经验他明白,慢车一旦晚点了,是不可能把时间调整到正常时刻的。因为慢车运行区间短,通常是没等车速起来,它又要为着那一个个小站而停下来了。

果然，那列火车足足晚点了二十分钟才像个酒鬼一样晃晃悠悠地进站。也许是中秋节客流量大，王锐没有买到座号，他就站在车厢连接处的茶炉前。那里聚着几个跟他一样无座的人，有个妇女怀抱孩子坐在地上，无所顾忌地奶孩子。王锐看了一眼她裸露的丰满的奶子，不由得羞愧地低下头，他觉得看别的女人的奶，就是对妻子的不忠。另几个站着的人，有的在吸烟，有的靠着肮脏的车厢板壁，疲倦地打瞌睡。一旦上了车，王锐就心安了。他站在车门口，透过污浊的玻璃望窗外的风景。他想这样的大晴天，晚上的月亮一定分外光华、明净。他想起在下三营子过中秋节时，林秀珊会用洗衣盆装上清水，看水中的月亮。王锐问她为什么不看天上的？林秀珊总是格格地笑着说："天上的月亮摸不着，水里的能摸得着。"说着，就用手去捞月亮，把月亮捞得颤颤巍巍的，好像月亮一下子老了几十岁。想起林秀珊，王锐就有一股格外温馨的感觉。慢车行进的声音很像一个发病的哮喘患者，发出一股令人窒息的杂音。王锐站了一会儿，就觉得腿脚发酸了。他转过身来，发现茶炉旁聚集了几个接水的人，他们有的托着白色的快餐碗面盒，有的则端着茶渍斑斑的缸子。他们都在抱怨这水太温吞。王锐想与其在这消磨时光，不如到车厢里询问一下别的乘客有没有提早下车的，他好寻个空位。他从接水的人的身后艰难地挤进车厢，结果发现过道里也站满了人，便知自己的愿望十有八九会落空。他问了六七个人，他们不是说在终点站下车，就是说站在过道的人早已把他们的座位候上了，王锐只能悻悻地再回到茶炉旁，想着两三个小时的路途不算远，也就安心地站到了车门口。可是慢车的车门就像人的假牙一样容易脱落，你靠了它没有多久，它就在小站上停车了。车门打开后，上下车的人一拥挤，王锐就被挤得团团转，他感觉自己就像被抽打着的陀螺，不由自主地旋转。待到车门关闭，火车重新启动后，他已被折腾得满头大汗，气喘吁吁，就像砌了一天砖一样四肢酸软、疲乏无力。王锐想这个时刻要是孙悟空出现就好了，吹上一根毫毛把人变成蜜蜂蚊子，那样所有的座位都会是空的了。这样一联想，他就觉得人是可怜的，鸟儿去哪里都不用买票，只需把翅膀一扇，天空就可以做它的道路。

慢车常有逃票的人。有些人逃票技巧高超，看着乘警查票了，不是溜进厕所，就是钻到坐席下面。还有的是两个人合伙逃票，唱双簧，他们只买一张票，查票时一个人待在原处，另一个人躲在车厢连接处。被查过票的人通常会做出要上厕所的样子，把已验过的票递给无票的人，这样无票的人就成了有票的人，大摇大摆地回来了。这些逃票技巧，王锐都是听工友们说的。他们常常逃票，讲起来头头是道。王锐也曾动过逃票的心思，有一回他只买了一张站台票就上了火车，可查票的乘警一来，他就六神无主了，不知该去厕所，还是在众目睽睽之下像老鼠一样钻到坐席下面。最后他主动要求补了票，结果多花了两元钱的补票费，自认为得不偿失，以后再也没冒这个险了。

乘警押着几个落网的逃票者雄赳赳地走了过来。他看了一眼王锐，认为站在茶炉前的他有逃票的嫌疑，就吆喝他："把你的票拿出来！"王锐就去西装口袋里掏票，他记得检过票后，他把它放在那里了。可是翻来翻去，车票却踪影皆无；他便去翻裤兜，裤兜里也没有！他心下一惊：这票是不是挤丢了？王锐就低头看脚下，结果他看见的是橘子皮、瓜子皮和废纸，根本就没有车票，王锐急得喉咙发干，他张口结舌地对乘警说：“我真的买了票！”乘警冷笑了一声，说：“你们这套把戏我见得多了，跟我走！”在乘警盘查王锐的时候，那几个逃票的人迅速地逃了。乘警一看被押解的逃票者一个都不见了，就问坐在地上怀抱小孩的妇女：“看见他们往哪儿去了么？是往前面的车厢去了，还是去后面了？”那妇女说：“我看我孩子的脸来着，没看那些人的脸，我怎么知道他们去哪儿了？”乘警就一挥手把火撒在王锐身上，“跟我走！”王锐找票找得手忙脚乱，恨不能脱光了衣服干净彻底地寻一遍。乘警让他跟着走，他说：“再让我找一找，我真的买了票了！”乘警说：“我逮住你一个，却溜走了五个！你跟那几个人是不是一伙的？你把我耗住，好让他们脱身？”王锐无限委屈地说：“这可真冤枉人啊，我怎么跟他们是一伙的了？我与他们不认识！再说了，你这火车是一张网，他们几个是网里的鱼，庙在，和尚还能跑到哪里去呀？”他这一番话把乘警逗笑了。抱小孩的妇女也笑了，她说乘警：“我看你连黑熊都不如！黑熊掰苞米，是掰一穗扔一穗，你呢，掰一穗扔了五穗！”她的话缓解了王锐的紧张情绪，王锐笑了，乘警笑了，聚集在茶炉旁的人也都笑了。好像这里有人在说相声，其乐融融。可惜笑声变不成一只只灵巧的手，能帮王锐找出车票，他只能垂头丧气地跟着乘警走。他们一直走到餐车，那里已有另外一名乘警在给几名逃票者补票了。餐车有空位，几个女乘务员聚集在一起叽叽嘎嘎地说笑，还有几个厨师在打扑克。厨师戴着的白帽子和穿着的白大褂像初春的雪一样肮脏。苍蝇在污渍斑斑的台布上飞起飞落，悠然自得。王锐坐下来，耐心地跟乘警说：“我从来没逃过票，我向你保证!你给我几分钟时间,容我再找找!”乘警说:“因为抓你,跑了五个人,我没让你补六张票就算不错了!快说,从哪儿上的车?到哪儿下?”王锐说:“我在让湖路上的车,到哈尔滨去。”乘警吆喝补票员:“给这小子补一张从让湖路到哈尔滨的车票!”王锐急了,他说:“我要是没有买票,就让雷把我劈死!”乘警说:“你也知道晴天没有雷,你赌什么咒?赶快补票,不然到了哈尔滨,把你弄到铁路派出所去!”王锐偏偏来了犟脾气,他一字一顿地说:“我——没——逃——票!”乘警说:“口说无凭,把票拿出来啊?!”王锐说:“那你让我去趟厕所,我扒光了衣服,仔仔细细地找!”乘警说:“你用不着去厕所扒光自己,就在这里扒吧!如今还上哪儿找处女和童男,人身上的那点儿零件谁没见识过,脱吧!”他的话让那几个女乘务员大笑起来,但她们没等笑利索就各提了一把钥匙离开餐车,看来前方又到一个车站了,她们这是去给自己负责的车厢开门。王锐觉得自己受到了莫大的污辱,他咆哮着说:“我真的是买票了,要是我真找不出票来,它肯定是丢了!”乘警笑着说:“别激动,大过节的,高高兴兴的好不好?赶快补了票走人吧!”王锐心犹不甘,他记得没错,票确实放在西装口袋里了。他脱下西装,像考古学家打开墓葬一样,认真地察看那墓穴一样的口袋,结果他发现口袋开线了,车票滑落到衬里中了!所幸衬里的底线轧得比较密实,车票才安然夹在其中。当他终于把票如愿以偿地翻出来递给乘警时,王锐真是恨透了这件西装,他觉得它像汉奸一样把他出卖了。乘警见到车票,对王锐说:“还真是冤枉了你!”见王锐委屈得像是要哭的样子,乘警又说:“你就坐在这儿吧,不收你的座位钱了!”王锐可不想坐在这里,他想回到原先站着的地方。他要把车票给拥堵在茶炉前的乘客看，他没撒谎，他是清白的！王锐把西装搭在胳膊上，挎着包走出餐车。火车刚刚离开站台，车体晃得厉害，王锐也跟着摇晃着。等他回到原来的位置后，发现那个抱小孩的妇女已经不见了，不知她是下车了，还是找到了座位？而先前站着的人，也换了新面孔。只有那个锈迹斑斑的茶炉，还露着它那仿佛是饱经沧桑的老脸孔，迎接着他。

王锐本来就因为见林秀珊扑了空而心生懊恼，再加上车票的风波，他的情绪异常的低落。他想早知如此，还不如不对着镜头说那些假话呢，结果遭到工友们的耻笑不说，他为此换来的这个假日旅行又极不愉快。

前天中午，王锐正坐在工棚前吃午饭，工头把他叫出来，说是电视台来了两个记者，想采访一下打工者的待遇问题。工头说王锐形象好，口才也好，让他给建筑公司多美言几句，就说他们公司吃住条件都好，从未拖欠过打工者的工资等等。王锐本不想给人当枪使，但工头趴在他耳边悄悄说了一句话："你说好了，我奖励你一百块钱！"王锐说："除了钱，能让我在中秋节时歇一天，我就去说。"工头一拍胸脯说："没问题！"于是王锐就被记者拉到工地旁。男记者扛着火箭筒似的摄像机对着他，女记者则拿着甘蔗似的话筒对着他。王锐虽然是初次上镜，可他却丝毫都不紧张。记者问他："你对恒基建筑公司给你提供的食宿满意么？"王锐说："很满意，每天的菜里都有肉，馒头和米饭管够！住得也不挤，能伸开腿！"记者问："公司拖欠过你们的工钱么？"王锐说："没有，我们过年时探家，都能拿到现钱。"记者又问："你喜欢当建筑工人么？"王锐说："喜欢，因为我是在给人造安乐窝。鸟儿要是没窝，就得栖息在风雨中；人要是没窝，不就成了流浪者了么？”采访顺利结束了，工头很满意，当即兑现给王锐一百块钱，允许他中秋节时休息一天。王锐就用这一百元钱给林秀珊买了条丝巾，又买了月饼和橘子，打算赶到让湖路给林秀珊一个惊喜，谁料林秀珊也得到一个假日，突然来探望他呢！看来两个惊喜一交错，惊喜就变成了哀愁。王锐还记得昨晚工友们聚集在那台只有十二英寸的电视机前观看他接受采访的情景，王锐的图像一从晚间新闻节目中消失，大家就七嘴八舌地议论开了。有人说王锐当瓦工可惜了，他编瞎话的能力完全可以去当个昏官；有人说以后要是缺钱用了，就朝他借，谁让他说公司没拖欠过工钱呢！还有人说王锐的样子像某某某、某某某，而那些名字都是大家看过的电影中叛徒的名字。工友们的话就像蜜蜂一样蜇着他的脸，王锐只好为自己辩解说：“我要不为他们说点儿好听的，公司还不得把我们都解雇了啊？咱们寄人篱下，就得嘴甜点儿！”工友们便不说什么了。可王锐却很难过，他暗想金钱和女人确实能拉拢和腐蚀人，一百元钱和林秀珊，就能让他堂而皇之地为别人唱赞歌。

王锐乘慢车返回哈尔滨时，林秀珊也满怀失落地踏上了返回让湖路的旅途。当她在中午十二点左右赶到王锐所在的道外的建筑工地后，她就跟两个往吊车上搬砖的民工说：“你们能帮我叫一下王锐么？”那两个人互相看了一眼，笑嘻嘻地说：“王锐是谁呀？我们不认识！”林秀珊认得与王锐铺挨铺的杨成，她就说：“那你们认识杨成么？”那两个人依旧笑嘻嘻地异口同声地说：“杨成是谁呀？我们不认识！”林秀珊以为来错了工地，正狐疑间，那两个人嘿嘿笑了，说：“你是王锐的老婆吧？我们见过你，你来工棚找过他！可他今天不在工地！”一听说王锐不在工地，林秀珊吓得腿软了，眼晕了，她颤着声问：“他出了什么事了？”两个工友相视一笑，其中一个说：“他现在可是明星了，上了电视了！”林秀珊更是吓得心慌气短了，她想王锐又不是有身份有地位有财富的名人，他要是上了电视，还不是跟那些穷人一样，不是犯了法在“现身说法”，就是受了骗在痛哭流涕地“伸冤”。正当林秀珊心急如焚的时候，刚好看见杨成和几个人往楼上运预制板，她就奔过去喊住杨成：“杨大哥，我家王锐究竟出了什么事？他怎么不在工地？”说这话时，她有些眼泪汪汪的了。杨成一见林秀珊，就“哎呀”叫了一声说：“王锐看你去了，你们这是走岔了！”林秀珊说：“你不要骗我，他怎么了？你们都在工地上班，他怎么不在？”杨成就简单地把王锐在电视新闻中为公司讲了好话，公司奖励他一天假期的事说了。杨成说：“你赶快往回返吧，估计王锐早就到你那里了！”林秀珊说：“你没骗我？”杨成说：“我骗你干啥？”林秀珊就急急忙忙地乘公共汽车返回火车站，买了一张午后一点零五分的慢车票。她想王锐知道她来哈尔滨寻他不见，一定能猜到她会立刻返回。他不是在厂房门口等她，就是去他们常去的私人旅馆等她了。一旦知道王锐平安无事，林秀珊高悬的心就落下来了。她在站前快餐店吃了一碗炸酱面后，就随着蜂拥的人流通过检票口，走进地下通道，奔向她要乘坐的列车了。她算计着五点之前就能见到王锐。林秀珊不像王锐的运气那么差，她买到了座号，而且临窗，这让她暗自得意，她和王锐一样喜欢在列车经过江桥时眺望松花江。有一回她刚好看见落日浸在江水中，感觉这条如蛟龙的江仿佛是衔着一颗灿烂的珠子。

列车在轻快的乐曲声中离开了站台。如果说林秀珊感觉让湖路站是个牲口棚的话，那么它只是一个小牲口棚，而哈尔滨站则是一个大牲口棚。八个站台上进出站的列车络绎不绝，汽笛声此起彼伏，仿佛驴叫马嘶牛哞狗吠鸡鸣的声音全都交汇到一起了。那橘红色车体的列车像一头头健壮的牛，银灰色的列车则像一匹匹雪青色的骏马。像她乘坐的果绿色列车，就像脾气温驯的羊。这趟列车是由哈尔滨开往图里河方向的，凡是始发站的列车都很干净，它们就像清晨刚刚梳洗完毕的少女一样，给人一种洁净、清爽的感觉。而那些长途跋涉来的过路车，则邋遢得像个老妪。

林秀珊所乘坐的俩人座的对面还空着位置，她就调换了一下方向，这样她与火车行进的方向是同向了。有人坐反方向的列车会觉得不适，易于晕车，林秀珊却不。但她还是喜欢与列车前行一致的座位，否则，列车虽在前进，你却有倒退回去的感觉。而且，反方向望风景时，你会觉得视野中的一棵树、一座房屋是由大变小，最后小得跟芝麻粒一样，让你怀疑自己行进在一个虚幻的世界，似乎什么都在飞速地奇异地消失。而与列车同向看风景，视野中的风景却是由小变大，由模糊变得清晰，风景总是在它最明朗的一瞬消失，给人一种真实可触的感觉。

林秀珊刚刚调换好座位，就见从车厢门口走过来两个人。他们同样的身高，但是一胖一瘦。瘦男人戴副眼镜，气质很好，看上去儒雅斯文，很有涵养的样子。不过他的双手被手铐扣着。胖男人看上去有四十多岁了，挎着一个黑皮旅行包，穿一件古铜色细条绒的衬衣，右唇角生了疮，就像沾着个烂草莓似的。胖男人拿出两张票，在林秀珊面前停下来，对她说："小姐，这儿是您的座位么？"林秀珊的脸刷地红了，仿佛偷了什么东西被人逮住了似的，她连忙起身又坐回对面，说："我以为车开了没来人，这座位就是空的了，对不起啊。"胖男人说："没关系。"他让戴手铐的人坐在靠窗的位置，而他稳稳实实地坐在过道一侧，把旅行包放在腿上。瘦男人坐下来后，若无其事地把双手摆在茶桌上，就像故意展览那副手铐似的。胖男人问他："想去厕所么？"瘦男人摇了摇头。胖男人又问他："渴么？"瘦男人依旧摇摇头。胖男人打开旅行包，取出一条脚镣，吃力地弯下腰，给瘦男人戴上，然后拉上旅行包的拉链，将包扔在行李架上，连打了几个呵欠，似是疲倦到了极点的样子。林秀珊猜想戴眼镜的男人是被抓捕归案的犯人，而胖男人是个便衣警察。想想对面坐着个犯人，她有些心惊肉跳的，以至列车通过江桥时，她紧张得忘了看松花江。她不知道这男人犯了什么罪，杀人、强奸、抢劫还是诈骗？他看上去是那样的年轻和有气质，林秀珊很为他惋惜。

一名乘警走了过来。他到胖男人面前停了下来，说："老王，有没有需要我们帮助的？"被称作老王的胖男人"噢"了一声，哑着嗓子说："没有，一切都顺利。"乘警坐在林秀珊旁边的空位上，看了一眼瘦男人，对老王说："就他杀了两个人？真他妈看不出来！"老王笑了，说："按你的眼力，不该我押解他，应该他押解我才是？"乘警也笑了，说："差不多吧！人家像警察，你倒像囚犯！"犯人抖了一下手铐，不易察觉地笑了一下。

乘警和老王各点了一支烟，又聊了一些别的，然后乘警离开了，而老王则眯着眼打起盹儿来。乘警离开时对犯人说："用不了多久你就该吃枪子了，再也不会坐火车了，你好好望望风景吧！"

林秀珊本想去别的空位，远离犯人，可她很好奇，这个人怎么会是杀人犯？他为什么杀人？她很想跟他说说话，可她不知道该怎样开口。而且，她担心她的询问会激怒他，他也许会举起戴着手铐的双手，把她的脑袋当西瓜一样砸碎。林秀珊一想到这个活生生的人即将被枪毙，她的身上就一阵一阵地发冷。她每望他一眼，都觉得那是一个鬼影。

便衣警察起了鼾声。他大约知道犯人手铐脚镣加身，是寸步难行，所以睡得很安稳。有几个乘客知道车上押解着一个死刑犯，就悄悄走过来看犯人。犯人也不介意，他很平静地打量那些看他的人。看他的旅客每每遇见他的目光，就吓得掉头而去。犯人一会儿望望窗外的风景，一会儿又看一眼林秀珊。他看风景的时间长，而看林秀珊只是瞥一眼。他瞥林秀珊时，她感觉自己的肩膀仿佛被鬼拍了一下，凉飕飕的。

列车每停靠站台时，车厢就会骚动一刻。这时警察会睁开眼睛，茫然地看一眼犯人。列车重新启动后，他又会沉沉睡去。上车的旅客越来越多，空座就没有闲着的了。只有林秀珊旁边的座位仍然空着。有两个旅客刚坐下来，一望见茶桌上犯人那双戴着手铐的手，就如惊弓之鸟一样地离开了。这个座位也就仿佛成了皇帝的御座，没人敢坐。

林秀珊在火车上就根本没心思去想王锐了。她的意识中只有眼前这个犯人。有几次她清了清嗓子,想问他一句:“你今年多大了?”可话到嘴边又咽了回去。犯人大约看穿了她的心思,每当林秀珊清理完嗓子后,他就会眨眨眼,冲她微微一笑。他的笑容让她不寒而栗。不是她怕犯人的笑,而是觉得这样的笑容很快会如空中的浮云一样消散,而为他惋惜得慌。林秀珊从未见过死刑犯,更别说与他们面对面地坐着了。在她的印象中,死囚大都面目凶残、丑陋不堪。她没料到他竟然如此文质彬彬。

林秀珊不习惯倒着看风景,所以每看一眼窗外,就有些灰心丧气。她已经不惧怕与犯人面对面地坐着了。她从行李架上把旅行包拿下来,打开,又开始摆弄里面的东西了。她首先取出闹钟,漫无目的地给它上弦。几分钟后,它突然“铃铃铃”地叫了起来,警察被惊醒了,他在瞬间站了起来,去掏别在腰间的枪。犯人见状不由得笑了起来,这回他笑出了声。警察看了一眼闹钟,瞪了林秀珊一眼,说:“我怎么听着像警铃声。”林秀珊也笑了。她的黄牙一定引起了警察的反感,他蹙了一下眉。林秀珊把这个调皮的闹钟放回包里。警察威胁她说:“你别又给它定了时,过一会儿它再叫起来,我就掏枪打烂它的脑袋!”林秀珊心想,公安局给你配枪是让你执行警务的,你敢对闹钟开枪,还不得把你开除出公安队伍啊?林秀珊在放回闹钟的同时,把口琴取了出来。她抚摩着口琴的一瞬,王锐又回到她心头。她想他一定等她等急了。他中午吃东西了没有?她最担心他去吃朝鲜冷面,王锐胃不好,吃了冷面常胃痛。可他又偏偏喜欢吃这个。林秀珊计划着晚上和王锐去吃三鲜水饺,让他喝一碗滚烫的饺子汤。

林秀珊摆弄口琴的时候,抬头看了犯人一眼。她发现犯人的眼神变了，先前看上去还显得冷漠、忧郁的目光，如今变得格外温暖柔和，他专注而神往地看着口琴，林秀珊想他也许像王锐一样会吹口琴。也许他也像王锐一样用口琴赢得过姑娘的芳心。林秀珊见他这么爱看口琴，就想把它收回去，因为它属于丈夫，好像别的男人是不配看的。但她一想这犯人活不多久了，他愿意看，就让他看个够吧。她把口琴放在茶桌上，让他能仔细地看。犯人看着口琴，就像历经寒冬的人看见了一枚春天的柳叶一样，无限的神往和陶醉。林秀珊问他："你会吹口琴？"犯人点了点头，然后微微叹息了一声。林秀珊明白他的叹息来自手铐，吹口琴需要的是自由的手。林秀珊推醒警察，对他说："你给他把手铐打开一下，好么？"警察横了一眼林秀珊，问："干什么？我好不容易把他缉拿住，你想把他放了不成？"林秀珊笑吟吟地举起口琴说："他想吹口琴，你就让他吹一下吧。"警察扭过头带着讥讽的口气对犯人说："你倒是真有本事啊，我迷糊了一会儿的工夫，你就把人心给笼络了！"警察咳嗽了一声，复又眯上了眼睛。他的举动说明他不想擅自给犯人打开手铐。林秀珊本不想再请求警察了，可她实在不忍心看犯人望口琴的那种眼神：那么的向往，又那么的哀怜！她再次鼓起勇气推醒警察，说："你就给他打开手铐，让他吹一下口琴吧！不让他多吹，就吹一个曲子！"警察叹了一口气，对林秀珊说："你不是他什么人吧？"林秀珊郑重其事地强调说："我是王锐的人！"警察说："王锐是谁呀？"林秀珊笑眯眯地说："是我丈夫！他也会吹口琴！"警察问犯人："你真想吹这玩意儿？"犯人点了点头。警察仍然有些犹豫，林秀珊就鼓励他说："他上着脚镣，跟驴被拴在磨盘上有什么区别？哪儿跑去呀！"林秀珊很愿意用牲口比方事物，她的话把警察逗笑了。警察对犯人说:“这也是你最后一次吹口琴了,就给你个机会吧!”警察从裤兜里掏出钥匙,把手铐打开。犯人的那双手像女人的一样修长细腻,只是这手没有血色。犯人先是活动了一下手指,然后才像抱刚出世的婴儿一样小心翼翼地拿起口琴,把它托在掌心,轻轻递到唇边。林秀珊的心紧张得提了起来,她不知道口琴会发出何种音色,它美不美?突然,那小小的口琴迸发出悠扬的旋律,有如春水奔流一般,带给林秀珊一种猝不及防的美感。她从来没有听过这么柔和、温存、伤感、凄美的旋律,这曲子简直要催下她的泪水。王锐吹的曲子,她听了只想笑,那是一种明净的美;而犯人吹的曲子,有一种忧伤的美,让她听了很想哭。林秀珊这才明白,有时想哭时,心里也是美的啊!警察大约也没料到犯人会吹这么动听的口琴,他情不自禁地随着旋律晃着脑袋,而车厢的旅客,都被琴声召唤过来了,他们聚集在林秀珊和警察座位旁的过道上,听得兴味盎然。一首曲子吹毕,犯人把口琴悄悄放在茶桌上,林秀珊注意到他的手指哆嗦不已。乘客们都没听够口琴声,大家都央求警察:“再让他吹一首吧!”警察爽快地说:“行,今天中秋节,你给大家献上两首曲子,虽然赎不了罪,也算是为人民服务了!”这样,犯人颤抖着拈起口琴,又吹了一曲。林秀珊常嘲笑王锐吹口琴的样子,说很像一个牙口不好的人在啃一穗老玉米。而犯人吹口琴的动作,倒像一个英俊少年在原野上吃一根碧绿的黄瓜,她似乎都闻到了一股清香味。他吹的第二首曲子同样的忧伤、缠绵、舒缓,如梦如幻。林秀珊注意到,犯人的泪水已悄然顺着脸颊滚落到口琴上,这口琴就跟被露水打过一般,湿漉漉的。一曲终了,乘客都鼓起掌来。警察虽然一副意犹未尽的样子，但他还是拒绝了大家的请求，把手铐重新给犯人扣上。那把沾染着犯人口唇气息和泪水气味的口琴又回到林秀珊手里。林秀珊觉得有些对不起王锐，她就拿着口琴去了洗脸池，用冰凉的水反复冲刷这把口琴。可是冲着冲着，她的泪水就下来了。当火车在不知不觉间停靠到让湖路站台上时，林秀珊甚至觉得这一段路程太短暂了。她在下车前对犯人说："你吹的口琴可真美。"她不知道警察押解着他会在哪里下车。犯人冲林秀珊点了点头，算是与她告别。他自始至终没有说一句话。林秀珊走到喧闹的站前广场的时候，竟有些怅然若失。她站下来定了一会儿神儿，脑海里才浮现出王锐瘦高的影子。

建筑工地永远是嘈杂不堪的。混凝土搅拌机的轰鸣声，吊车起降的声音，钢筋与钢筋的清脆碰撞声以及瓦刀修整砖坯的"嚓嚓"声等混合在一起，把人的耳朵弄得嗡嗡地叫。王锐在下三营子时，感受最深切的是乡村的宁静。进城三年来，他觉得最辛苦的还不是身体，而是耳朵。在工地，耳朵每时每刻都要受噪音的鞭打。以往在乡村，哪怕是一声牛叫，他都能真切地感受到，可在城市里，工作和生活的环境充斥了噪音，他反而对声音不敏感了。他这才明白，真正的声音存在于寂静之中，而众多的声音其实是一种没声音的表现。

王锐满怀希望地赶到建筑工地时，已是夕阳西下的时分了。迎接他的首先是那些噪音。王锐以为会见到林秀珊，她该像个乖女孩一样地等他，然而他失望了。她会不会听说他去了让湖路，而又乘车返回了呢？王锐一旦这样想了，就格外的心凉。他碰到两个工友，就问他们："你们见没见我媳妇呀？"工友则说："你没和老婆过一夜，就跑回来了？"王锐想林秀珊认得杨成，她找不见他，一定会向杨成打听自己的。王锐乘吊车上到顶层，找到了杨成。杨成一见他就大叫一声："你怎么跑回来了？我让你媳妇回去找你去了！"王锐觉得腿都软了，他有气无力地说："她怎么不知道在这儿等我啊。"杨成说："是我让她回去的！你现在赶快再返回去吧！我估摸着她早就该到站了！"王锐心灰意冷地说："这一天折腾下来，我觉得比上工还累！"杨成嘿嘿笑着说："晚上你把媳妇搂在怀里，乏也就解了！"王锐一想时间还来得及，就离开工地，乘公共汽车到了火车站，又买了一张去让湖路的车票。这回他很幸运，不但有座号，而且列车在他买了票十分钟后就进站了。王锐坐在相对整洁和敞亮的车厢中，想着三个小时后就会见到林秀珊，他的心境又明朗起来。

列车缓缓通过霁虹桥，在经过一片片灰蒙蒙的楼群后，铿锵有力地驶上了江桥。王锐这回没忘了眺望松花江，此时夕阳已经半沉，江面的一侧被橘黄的夕照笼罩着，另一侧却是沉重的灰色。这江看上去就仿佛是一个美少女在穿一件黄绸缎的袍子，只穿上了一只袖子，因而半江明媚半江暗。王锐觉得这样的江水反而有韵致。满江明媚让人觉得太艳，而满江灰暗又让人觉得压抑。只有这半明半暗地对比着，才让人觉得这江水魅力无穷。他甚至觉得他和林秀珊一直如此甜蜜，就是因为这若即若离的生活状态。他们独自生活着时，那就是"暗"，而相聚在一起时，则是"明"，明暗相交，总是让人回味无穷。

列车越走天色越暗，车厢的顶灯亮了，它投射的光线昏黄模糊，这样的光就给人一种苍老的感觉。王锐对面坐着两个男人,看上去他们素不相识,一个在一张纸上不停地写着数字,另一个则捧着一本杂志在看。看杂志的人不停抬头扫一眼王锐,王锐想我又不是字,你看我做什么?王锐的旁边,坐的是一位老太太,她一上车就靠着车窗睡了。她的睡姿很特别,两条胳膊不是放松着垂下,而是交叉着护着胸。如今戴套袖的人几乎看不见了,可老太太却戴着一副,因而很扎眼。一个穿着白大褂的胖女孩推着货车吱扭扭地来了,货车上有盒饭卖。王锐饿了,他花六元钱买了一份。他一般不喜欢买火车上的食品,它们不但难吃,而且价格很贵。比如他拿到手的盒饭,只有一撮拳头般大的米饭,旁边配着少许颜色黯淡的菜,就花掉了六元钱。而在车下,三元钱就足够了!王锐有些心疼地吃着盒饭,这时那个在纸上写了形形色色数字的人对王锐说:“兄弟, 随便给我说几组数字!每组七个数字!”王锐这才明白,此人是个“彩民”,正煞费苦心地编彩票号码。王锐笑笑,说:“我没那个运气,你还是自己编吧!”那人说:“求你还是给我说两注吧!”王锐见他如此恳切,就顺口说了两组数字。这两组数字他也曾买过,一个是他工地附近的公用电话亭的号码, 一个是林秀珊在让湖路等他电话的那个电话亭的电话号码。可惜这两注号码连末等奖都没有中过。工友们大都有买彩票的爱好,他们总想碰碰运气,万一中了五百万元的头奖,不是一夜之间就成了富翁了么! 可惜没有一个人有那样的鸿运,除了拜泉县来的李为民中过一次三百元的四等奖外,大多工友投的注,都像阳光下的肥皂泡一样消散了。林秀珊从来不买彩票,她说一看到彩票机,就会联想到吃人的老虎。这老虎胃口很大,天天在吃人喂给它的东西,把很多未识破它面目的人给盘剥得一文不名。王锐就说彩票机不总是老虎,它要么不吐金子,要是吐,就会给一个人吐上一地的金子,中几百万元奖的不乏其人! 林秀珊就一本正经地说:“谁中了大奖,就说明让老虎给狠狠地咬上了一口,不会有好下场的! 你想啊,人一下子得了几百万,不是因为钱分得不均了闹得夫妻兄弟不和,就是因为有了臭钱变得好吃懒做了,成了废物,这不是灾是什么? ”

吃过盒饭,王锐觉得累,他把头向后仰,想眯上一会儿。他怕自己睡得沉,听不见列车员报站的声音,就问那个苦心琢磨彩票号码的人:“你在哪儿下车?”那人问:“干什么?”王锐说:“我想眯一会儿,怕睡过去,听不见报站声。”那人打了一个哈欠,说:“我也困了,眼皮都直打架了,我可不敢保证能叫醒你。”这时一直在看杂志的人对王锐说:“你们安心睡吧,我在终点下车,到站了我会叫你们的。”他问王锐在哪儿下车,王锐说:“让湖路。”又问那个彩民在哪儿下,彩民说:“嫩江。”看杂志的人说:“放心吧,我不会忘了叫醒你们的!”他那超乎寻常的热情让王锐顿起疑心:他是不是个贼呢?他听说,如今在火车上作案的贼不像过去那样在车厢间四处流窜了,他们会买上一张票,堂而皇之地坐下来,趁旁边旅客不备时,伸出黑手。得手后就近下车,没得手就仍然盘踞车上,等待猎物出现。王锐闭上眼睛佯睡,故意把旅行包放在膝盖上,并且装模作样地打起了呼噜。那个彩民也随之打起了呼噜。王锐听得出来,彩民的呼噜是真的呼噜。果然,一刻钟后,他感觉腿上的包在动,王锐睁开眼睛,见那人依然举着杂志在看,他想这双贼手真的比魔术师的手还要快呀! 王锐想既然这贼发现他警觉了,一定会游荡到别的车厢去。他在这里没得手,就会把手伸向别处。王锐想不如叫来乘警,让他看着这贼,可又一想自己并没有抓住人家任何把柄,若被他反咬一口,岂不冤枉?王锐索性不睡了,他盯着对面的人,看着他不时地翻动书页,心想我看你怎么伸出贼手?天色越来越暗了,窗外的风景模糊了,谁忘了关厕所的门,一股尿臊味像癞皮狗一样流窜过来,令人作呕。列车减速了,王锐知道它又要停靠到站台上了。看杂志的人把杂志扔在茶桌上,站起来伸了个懒腰,对王锐说:“唉,坐得我昏头涨脑的,到车门口透口气去。”说着,他朝车门走去。王锐想他也许是趁下车人员拥挤的时候,寻找被偷的对象。王锐推醒那个彩民,小声对他说:“兄弟,精神着点儿!你旁边坐着的那个人,可能是小偷!我刚才装睡,感觉他把手伸向了我的包!”王锐的话音刚落,列车就剧烈颤抖了一下,停下来了。那彩民睡得香,嘴角的涎水都流出来了。他懊恼地对王锐说:“唉,我在梦里中了五百万,正在银行领钱时,让你给叫醒了!”王锐说:“梦又不是真的!我就不爱做美梦,我乐意做噩梦!”彩民打了一个哈欠,问:“为什么啊?”王锐很认真地说:“你想啊,你若是做了美梦,在梦中要啥有啥,醒来后却一无所有,难过不难过呀?可你要是做了噩梦呢,在梦里上刀山下火海地受苦受难,醒来后发现阳光照着你的屋子,没有那些可怕的东西,你感动不感动呢?”彩民嘿嘿笑了,说:“你应该当个哲学家。”在他们说笑的时候,列车又缓缓启动了。车厢里走了一些人,又上来一些新旅客。王锐发现对面的人没有回来,就对彩民说:“他知道自己露了马脚,可能溜了!”彩民说:“溜他妈的去吧!这世道也就这样子了,吃喝嫖赌、打砸抢的什么没有!”彩民发牢骚的时候唾沫星子四溅。这时乘警连同列车员查票来了,王锐提早把票拿了出来，先前不愉快的寻票经历还让他心有余悸。彩民也在找自己的车票。他将手伸向裤兜,王锐听见他惊叫了一声:“糟糕,我的钱包呢?!”王锐说:“你是不是放在别的兜里了?”彩民站了起来,急得像猴子一样抓耳挠腮。他把身上所有的兜翻了个遍,没有寻到,他就胡乱地拍打着身体的各个部位,叫着“出来吧,出来吧！”好像钱包是个与他捉迷藏的小孩子,一吓唬就主动跑出来了。结果直到验票的人站在他们的座位旁,彩民也没找出票来。列车员先是看过王锐的票,然后推醒老太太,说:“大娘,看看你的票!”老太太展开胳膊,把手伸进套袖,取出一卷钱来,把它捻开,车票就夹在其中,她把票抽出来。王锐想这老人倒是精明,钱和车票都藏在套袖里,她又交叉着胳膊睡着,钱就跟落入了保险柜一样万无一失。当列车员请彩民出示车票时,已急得满头大汗的他咆哮道:“我的钱包丢了!我的票夹在钱包里!”男乘警微笑着说:“你们这套把戏我见得多了,少啰唆,补票吧!”这话同上次列车的乘警奚落王锐时如出一辙。彩民说:“我有票！我的票在钱包里,钱包丢了！”王锐说:“一定是那小子干的!他肯定溜到别的车厢了,我认得他,咱们逮他去!”王锐把看杂志的人在他装睡时要拿他的包的举动对乘警说了,并且指着茶桌上的杂志说:“你看,这就是他看的书!”乘警这才将信将疑地跟着王锐和彩民挨个车厢地捉贼。他们花了半个小时从车头走到车尾,也没见那个贼的影子。王锐猜他早已中途下车了。没捉到贼,王锐和彩民悻悻回到原位。彩民说,他的钱包里有三百多块钱,还有四张总计二十注的彩票以及车票。他看了一下手表,十分沮丧地说现在正是开奖时刻,没准他会中了大奖呢,可他的彩票却是别人的了!这样一想，他就觉得丢的不是几百元钱、车票和彩票了，而是搬起来都会困难的五百万钞票！他如中了魔一样喋喋不休地说："今天我的彩票肯定中了大奖！天啊，我的五百万没了！天啊！"他愁肠百结、捶胸顿足，仿佛贼掏走的不是钱包，而是他的心。王锐见他如此失魂落魄，就劝慰了他几句，岂料他忽然站起来冲王锐叫道："都怪你，你知道他是个贼，为什么不提醒我一下？你只知道护着自己的包，你够人么?！"说着，抬手就给王锐一拳头，打在他右眼眶上。王锐疼得"哎哟"惨叫着，用双手捂着脸，这彩民仍不解恨，又往王锐肩头擂了几拳，声嘶力竭地说："你赔我五百万，你赔！"坐在王锐旁边的老太太早已吓得躲到过道里，她叫道："快喊人哪，要出人命了！"一个又矮又瘦的旅客叫来了乘警。乘警一奔过来就呵斥道："怎么的，没抓到贼，你们俩倒掐起来了！"彩民本想再给王锐几拳头，见乘警来了，他就把怒火转嫁到乘警身上，照着他的下巴就是一拳，骂道："你们这些吃屎的货！铁路养你们这些废物干什么！你们养得跟懒猫一样，看着那些老鼠一样的贼不管不问，白白让我丢了钱包，你赔我五百万！"乘警猝不及防挨了一拳，气得火冒三丈，他老鹰擒鸡般地把彩民拉到过道上，伸出腿狠踢了那人几脚，彩民"哎哟"叫着，但仍没忘了嘟囔他失去了五百万的事情。最后彩民被乘警给带走了。

彩民走了，先前围聚过来看热闹的旅客又都回到原位了。老太太坐回王锐身边，她撇了一下嘴对他说："你让人把眼睛给打青了！看看你这八月十五过的！不是我说你啊，你干吗多管闲事？跟他提醒那一嘴干什么？怎么样，贼跑了，他拿你当替罪羊了！"王锐觉得眼眶火辣辣的疼，而且泪流不止。他真是悔恨极了！心想老太太说得确实对，他真不该跟那个疯子似的彩民进那一言。老太太又说：“我看你得让那人领你去看看眼睛，你自己是瞧不见，肿得可厉害呢，万一打坏了可怎么办？眼睛多金贵啊！”老太太这一唠叨，王锐就更加的后怕，他想万一自己的眼睛被打瞎了怎么办？他可不想让林秀珊有个独眼丈夫。王锐使劲儿眨巴那只受伤的眼睛，让它飞快地转来转去，结果他并不觉得吃力和过分的疼痛，这让他略微心安。他想若是那彩民看他的眼珠这样转动，一定会以为是彩球在摇奖器里旋转，摘出他的眼珠也未可知。王锐捂住左眼，觑着右眼看周围的景物，结果他能看见邻座老太太手上的青色老年斑，能看清过道另一侧的男人跷着腿吸烟的情景。他又把头扭向车窗，结果他望见了原野上仿佛散发着奶油气息的微黄的月光，看来中秋的月亮已经悄然升起了。他知道自己的眼睛没受重伤，他为此庆幸不已。他从旅行包里掏出给林秀珊买的丝巾，看着丝巾上那一朵朵紫花，禁不住流下了眼泪。老太太见他落泪了，就惊叫着说：“你是不是看不见这丝巾上的花了？你不能饶了那小子，让他领你就近下车，到医院查查去！”王锐想告诉她，正因为自己看得见丝巾上的花儿，他才流泪了。王锐平静了一番，起身到洗脸池去，他打算洗一把脸。然而拧开水龙头，却见滴水未出。慢车的水龙头常常是这样，在列车始发后的一两个小时内，它能咧着嘴淌出水流，而过了几个站后，它就像哑巴一样闭上嘴了。王锐站在那里，忽然觉得自己站着的是下三营子逐渐沙化的土地，而水龙头管则是已经干涸了的地根河。他抬头照了照洗脸池上方的镜子，虽然它被水渍和灰尘弄得肮脏、模糊，他还是看见了自己的脸。他的右眼眶果然青着，且微微浮肿。他想要是下车后见到林秀珊,她问眼睛是怎么回事,他一定不能跟她说实情,就说是在工地被砖头扫了一下。一想这样说更糟糕,他再去工地时,林秀珊还不得整日为他提心吊胆啊。干脆就说今天上车的人多,自己不小心磕在车门上了。

列车停靠在让湖路的站台时,月亮已经升得很高了。王锐想要是月光有消肿除瘀的功效就好了,让他的眼睛能立刻恢复如常。他觉得这副面貌与妻子团聚,有些扫兴。

王锐猜测林秀珊已经在他们常去的旅馆的地下室等他了,他就没有去毛纺厂的宿舍,直接去了旅馆。

王锐是这家旅馆的常客,老板娘认得他。老板娘四十多岁,非常胖,手上戴着三枚金戒指,一有空闲就"咔——咔——"地嗑瓜子,看人时爱觑着眼睛。有一回王锐在清晨时离开旅馆,老板娘哈欠连天地从登记室走出来对他说:"昨晚住在你们隔壁的人来退房,说是睡不着,你们把床弄得太响了!我就跟客人说,人家小夫妻十天半月的才在一起住一宿,能不多折腾一会儿吗?"说得王锐和林秀珊的脸都火辣辣的,就像是做了什么错事似的。他们跟老板娘说以后一定注意着点儿,可是又怎么能注意得了呢,他们一旦拥抱在一起的时候就变得疯狂了,睡在他们隔壁的客人也就仍有闹着要调换房间的。所以老板娘每次见到王锐,总要笑着说他一句:"看着你挺瘦的,没想到力气倒是蛮大的嘛。"

王锐走进旅馆时,发现坐在登记室里的老板娘今天打扮得花枝招展的。她穿一件绿地粉花的丝绒褂子,一条宽松的黑裤子。她盘了头,脸上不只涂了脂粉,还描眉涂唇了。她正和外号叫"小白梨"的女服务员嘀咕着什么。林秀珊对王锐说过,小白梨是老板娘养在旅馆的“鸡”,她的身份是服务员,可干的都是妓女的勾当,王锐就很看不起小白梨。小白梨其实并不漂亮,但她身材好,肤色白,看人时总是笑眯眯的,所以看上去还比较可人。

老板娘见了王锐,满脸都是笑容。她说:“我猜今儿中秋,你们夫妻不会不来团圆的!”

王锐问:“我媳妇来没来?”

老板娘说:“没来呀!怎么,你没和她约好?没约好也没事,你先把房开了,回头再去找她!”

王锐说:“那我得看看她在不在让湖路,她要是不在这,我开房间干什么?”

老板娘笑着说:“你媳妇不在这也没啥,让小白梨陪你!”

王锐一边往外走一边说:“我从来不吃梨!”王锐听见了身后的老板娘和小白梨爆发出的笑声。

老板娘鄙夷地说:“一年到头只吃一种果子腻不腻呀?他不吃梨有人吃!”

小白梨说:“看他今天眼眶都青了,没准要吃野果子没得嘴,让人给打了!”

王锐忧心忡忡地朝毛纺厂走去。他不停地打量过往行人,生怕错过了林秀珊。待他走到传达室门口时,值班的人认出了他,说:“你媳妇回来了,不过又走了!”王锐有气无力地问:“去哪儿了?”值班的人说:“这我怎么知道!她出门时又没说去哪儿!你进去跟人打听打听去吧。”这回他没让王锐填会客单。

王锐拖着已经发酸的腿走到林秀珊宿舍,疲惫不堪地敲响了宿舍的门。宿舍没有亮光,难道里面没人?王锐持续不断地敲着门,并且大声问:“秀珊,你在么?秀珊!”王锐听见室内有了脚步声,但是灯仍然没亮。吴美娟的声音隔着门传了过来:“王锐,真的是你么?”王锐说:“吴大姐,是我,你开开门,秀珊呢?”吴美娟说:“宿舍的人都看录像去了,对不起啊,我就不开门了。”她停顿了一下,接着说:“秀珊去哈尔滨找你去了!她在吃晚饭时从哈尔滨回来,我们告诉她你来找她,听说她去你那儿,你就返回去了。秀珊一听说你回去了,她就又去哈尔滨了!你赶快再返回去吧!”吴美娟的话让王锐觉得身上一阵一阵地发凉,他觉得自己就像一个栽种了假种子的倒霉的农民一样,奔波劳累到最后却是两手空空。那一刻他心酸极了。他知道吴美娟这是和丈夫在一起。吴美娟的丈夫在林甸的农村,他每次来探望妻子,都不舍得住旅馆。他会花上几块钱让宿舍的其他人去毛纺厂附近的一家录像厅看录像,一张票只有两块钱,等大家看完录像回来,他们也就做完事了。吴美娟会把丈夫安排到男宿舍,与人凑合一宿。林秀珊为此看过好几次录像。她有一次悄悄跟王锐说,录像厅里净放些三级片,看着让人作呕。王锐就说:“你要是有一天学坏了,我就揍塌吴美娟男人的鼻子!”林秀珊格格笑着说:“他就是个塌鼻子!不用你去揍了!”王锐想吴美娟现在正甜甜蜜蜜地和她的塌鼻子男人聚在一起,而他和林秀珊奔波了一天却仍然天各一方,就觉得自己仿佛受了谁的嘲弄似的,不由得潸然泪下。

王锐摇摇晃晃地走出毛纺厂大门。他没有去火车站,而是横穿马路,到了林秀珊常等他电话的电话亭。街上的车辆比白天时明显少了，人行道上也是偶尔才见一两个人走过。人们大约都在家中吃着香甜的月饼呢。王锐看了一眼那轮皎洁的月亮，就受伤般地低下了头。他想这月亮既不属于他，也不属于林秀珊。这轮月亮对今夜的他来讲就是一个漆黑的空洞。他觉得自己是那么的孤独无助。

王锐掏出电话卡，把它插进那个只露着一道缝的插口，下意识地拨了一下他工地附近的公用电话。半年以来的周五晚上，他都是在那里给林秀珊打电话的。上次林秀珊到哈尔滨看王锐，他们路过这个电话亭时，林秀珊还调皮地对王锐说："瞧，那不是咱家的电话吗？"这话险些使王锐落下心酸的泪来。他想他作为一个男人实在太没本事了，他不能让妻子拥有一部自己的电话。他们的甜言蜜语不能在夜阑人静时悄悄地说，而必须在固定的时刻、在风中雨中雪中大声地说，这看似浪漫，可又是何等的心酸和悲凉啊！

王锐握着被无数陌生人的手握过的发黏的听筒，听到的是一片嘟嘟的忙音。他猜那些回不去家的工友们正在这个团圆之夜给家里打电话呢。工友们的家大都在贫穷的农村，几乎没有谁家拥有电话。但他们所在的村屯却有个别安装了电话的地方。他们就打给人家，让他们去喊一下自己的亲人，然后放下听筒，估计亲人到了，再打过去。所以有的人是打到养牛专业户家的，有的人打到村长家，还有的人打到小学校或者是开食杂店的人家。工友们在归乡时，在旅行包里就会多备一份礼物，是送给帮助接听电话的人家的。下三营子也有几部电话，不过林秀珊选中的是金六婆家的。王锐很讨厌金六婆，可林秀珊却不。林秀珊说金六婆又不是人贩子，非要把哪家姑娘推进火坑里，她不过就是为人说媒，她做的也是生意。金六婆家离林秀珊的娘家很近，两三分钟就可走到，这也是林秀珊会把电话打给金六婆家的一个原因。他们每年大约要往回打四五个电话。他们总是在一起时往回打，夫妻会轮流跟家人说上几句话。林秀珊的母亲那时就会用飞快的语速说话，不等他们把话说完，她就率先放下了电话，她是怕他们花钱。林秀珊回下三营子时，就要为金六婆买一件礼物。金六婆喜欢吃和穿，林秀珊给她买的，除了点心就是衣裳。金六婆每回接到电话，总是热情地去叫林秀珊的家人。王锐仍记着金六婆为他说媒所引起的风波，所以对她总是没什么好印象。觉得她好逸恶劳、油嘴滑舌，不是一个正经女人。所以他本想打个电话问问家人的情况，但一想到要打给金六婆，也就打消了这个念头。

王锐又拨了一遍工地附近的公用电话，结果听筒里传来的仍然是急促的忙音。他认定电话亭前站着的一定是自己的工友，他想问问他们，林秀珊去没去过工棚？她在等他，还是又踏上了归途？

月光照着马路，照着树，照着那个冷清得没有一个人候车的公交汽车站。王锐看着路面上杨树的影子，觉得它们就是一片静悄悄开放的花朵。一辆只载着几个乘客的公交车驶了过来，跟着一辆出租车也驶了过去。它们轧在路面的花朵上。王锐以为花会窒息，可当车过去后，路面上那花朵般的树影依然活泼生动，清晰可人。王锐想自己要是这影子中的一部分就好了，那样林秀珊就能天天从他身上走过。他愿意让她秀气的脚时时踩着自己。

王锐伤感着，忽然，他听见电话底气十足地叫了起来。在夜晚，这铃声就像寺庙的钟声一样清凉、悠扬。王锐接过电话，“喂——”了一声。只这一声“喂”，林秀珊就听出了是丈夫的声音！王锐的声音，哪怕是一声轻轻的叹息，她都能准确无误地分辨出来。

“王锐，我知道是你！”林秀珊分外委屈地说，“我来找你两趟了，都扑空了！”

“我还不是一样？！”王锐的眼睛湿了，“我也来找你两趟了！我先前还以为你在旅馆等我呢，我去了，你不在；从旅馆出来我的腿都软了！”

“王锐——”林秀珊充满深情和疼爱地唤了一声丈夫。

“秀珊——”王锐也满怀怜爱和委屈地唤了一声妻子。

林秀珊说：“我刚刚给家里打完电话。咱们两家的老人都挺好的！妈把咱儿子抱过去了，他在电话中还和我说话了呢！”

王锐问：“咱儿子说了什么？”

林秀珊说：“他说想爸爸想妈妈。他问爸爸妈妈吃月饼了么？”

王锐说：“你怎么跟他说？”

“我告诉他，爸爸妈妈还没吃月饼呢，要等他一起吃！我跟他说他吃月饼时望着月亮，就会看到爸爸妈妈。你猜咱儿子怎么说？他说爸爸妈妈没有翅膀，怎么能飞进月亮里？还说月亮里都是光，住在那里多晃眼呀！”

王锐含着眼泪笑了，说：“他真聪明！将来肯定比他爸强！”说完，他才想起问妻子在哈尔滨的什么地方。

“就是你们工地旁边的电话亭——咱家的电话亭啊！”林秀珊说，“我猜你找不到我，可能会在电话亭等我，我就来这里打电话。刚开始打没人接，我就往咱老家打电话。等跟咱儿子说完话，再拨那个电话，你就接了！”林秀珊的声音颤抖了，“咱一家人在电话中团圆了，我知足了！”

“秀珊，是你在那儿等我呢，还是我在这等你回来？我想你！”王锐四顾无人，又大声补充一句，“我想把你抱在怀里，亲你！”

“我也想你！”林秀珊说，“我不在这等你了，明天一大早我还得给人做饭呢。你明天一早也得去工地，就别等我了，回来吧！”

“那我们今天就见不上面了？”王锐伤感地说。

“我们可以在错车的时候相见。”林秀珊说，“你坐十点四十的那趟慢车，我坐十点五十的慢车，我们的车肯定能在中途相会！我站在车窗前，一准能看见你，你也能看见我！”

“可是火车一晃就过去了！”王锐说，“我又拉不着你的手！”

林秀珊说：“我们乘的是慢车，慢车相会不会一晃就过去的，能看好几眼呢！”林秀珊还想说什么，电话突然间断了。王锐吓得手心都湿了，他想林秀珊是因为疲劳过度而晕倒了呢，还是碰上了抢劫犯或者是流氓？晚上十点左右的哈尔滨，即使是在繁华街道上，也是车稀人少了。王锐急得六神无主，脑袋嗡嗡直叫。但他很快醒过神来，连忙把电话打回哈尔滨的电话亭上。

“王锐——”林秀珊格格乐着，“我就知道你聪明，能把电话再打回来的！我的电话卡里的钱用光了！”

“吓死我了！”王锐说这话时，嘴唇仍有些颤抖。

林秀珊说：“王锐，你没见到我，可别像老胡那样啊。你忍一忍，下次见面，我好好侍候你！”

老胡三十八岁，是王锐的工友，老婆孩子都在虎林的乡下。工友们一年半载也见不上老婆一面，有的按捺不住就去找暗娼，有的怕花钱或者怕染上花柳病对不起老婆,夜深时就常有人偷偷自慰以解寂寞。兴许老胡年岁比别人大些,不懂得压抑自己在快感时的叫声,有两次他在夜深时放肆地叫喊,把大家都扰醒了。以后工友们一见到他就爱笑,逗他:“老胡,你的嗓子可真亮堂啊!”老胡虽然五大三粗的,但他脸皮薄,从此后他就不与人说话,而且在工地干活儿时常常出错。终于有一天他砌歪了一面间壁墙,早就看他不顺眼的工头勃然大怒,把他给解雇了。老胡只得卷着行李回家了。王锐记得他当时跟林秀珊讲老胡的故事时,林秀珊哭了。她紧紧地抱住王锐,说:“我会常看你去,你可不许学老胡,让人耻笑!”

王锐想起老胡,心里疼痛了一下,他说:“我不会像老胡似的!能听见你的声音我就知足了!”

听筒里传来的是林秀珊的笑声。她的笑声跟少女时一样的温存甜美。林秀珊说:“王锐,我给你买了一样东西,你猜是啥?”

王锐不假思索地说:“是腌肉。”王锐爱吃让湖路夜市老葛家做的腌肉,他以为妻子给他买的一定是它。

“你就认得肉!”林秀珊嗔怪地笑了,“一会儿我在火车上举着它,你就知道它是啥了!”

“我老想着你,当然要往肉上猜了!”王锐说。

林秀珊说:“你没娶我时,就不会往肉上想了!”

王锐笑了,他说:“我也给你买了一条丝巾,你猜猜它是啥?”

林秀珊笑得更加响亮了,她气喘吁吁地说:“你都告诉我是丝巾了,还让我猜什么呀?!我看你是坐火车坐糊涂了!”

王锐说:“咳,我真是糊涂了。没老就糊涂了,你还不得把我给蹬了呀？”王锐边说边看着电话机上的IC卡的通话余额显示，他发现只剩下四毛钱了，他们只够再说一分钟的了，他大声地说：“秀珊，我的卡里也没钱了，一会儿电话自动断了，你可别为我担心啊！”

林秀珊说：“我知道。”

王锐很想在最后的一分钟里说些重要的话，可他大脑里一片空白，什么也想不起来。而林秀珊也如他一样沉默着。王锐能听见工地传来的隐隐的搅拌机工作的声音，而林秀珊听见的则是一辆汽车疾驰而过的唰唰的声音，就像风声一样。他们的通话就在这两种声音的交融中自动断掉了。

林秀珊和王锐各自踏上了一天中最后的归途。他们几乎是在同一时间到达了火车站。林秀珊买过票，通过检票口的时候，发现候车的人少得可怜。大多的列车到了午夜时分就像牲口棚里的牲口一样歇息了，偶尔经过的几列慢车，就像几匹吃着夜草的马一样，仍然勤恳地睁着它温和的眼睛。林秀珊在通过地道的时候，觉得自己在瞬间与中秋的气氛隔绝了；而当她走出地道，又能望见月亮的时候，她才觉得节日又像个撒娇的孩子似的滚到她的怀抱。

车厢里空空荡荡的。林秀珊见到处都是空座，她就选择了靠近窗口的座位。她要透过窗口和王锐相会。她不知道是三人座这侧的窗口能与列车相会，还是俩人座那一侧的，所以列车启动后，她就一直透过车窗看双轨线上另外的铁轨在哪一方，她确定了是在俩人座那一侧的，于是就安心地坐了下来。她估计与王锐的相会，大约要在一小时之后。林秀珊打开旅行包，抚摩着那只没有派上用场的闹钟，就像怀抱着一只顽皮的小兔子一样，满怀爱心地对它说："你好好睡吧，明早不用你叫了，给你省省嗓子。"她又拈起那条床单，深深地嗅了一下，那上面残存着的王锐身体的气味使她的内心充满了温情，她对床单说："你身上有我男人的味儿我不计较，要是别人身上有他的味儿，我就撕烂它！"林秀珊又轻轻取出口琴，从口琴中坠下几滴水来，凉凉的，看来她先前在列车上冲洗口琴时，没有把它擦拭干净。她想起了犯人的那张脸，想起了那与众不同的琴声，情不自禁地微微叹息了一声。她想犯人早就该到目的地了，当他戴着手铐走下列车时，他会想起这把口琴么？

当林秀珊选择好了相会的座位时，王锐也在忐忑不安中找好了座位。王锐到了火车站才发现自己只剩下十二块钱，根本不够买返程车票的了。他只得买了张站台票混上车。他没料到今天要乘四次火车，没带多余的钱。

王锐所乘的列车是由图里河方向驶来的，它走了十几个小时的路了，因而看上去尘垢满面。车厢的过道上遗弃着果皮、烟蒂、花生壳等东西，茶桌上更是堆满了空啤酒瓶、鸡骨头、瓜子皮、肮脏的纸巾、糖纸等杂物。车厢的座位空了多半，大多的旅客都睡着。王锐想在这样的环境中逃票会很容易。只要他远远看见乘警来查票了，就一纵身钻进三人座席下面，反正大家素不相识，没什么不好意思的。从列车的肮脏程度他能判断出，列车员至少有几个小时没来打扫了，他们也许正聚在餐车里喝酒赏月呢。如果真是这样的话，乘警也不会出来查票的。

王锐选择的座位，它旁边的窗口相对明亮些。不过王锐还是怕看林秀珊时会不真切，他就用袖子当抹布，把它蹭了又蹭。他周围的座都空着，只有过道的另一侧，有一个妇女和一个孩子。妇女垂头织着毛衣，边织边打哈欠，而那个六七岁模样的男孩，则举着一支玩具枪，一会儿对着窗口比画一下，一会儿又对着车厢入口处悬挂着的列车时刻表比画一下，口中发出“叭——叭——”的声响，模拟着子弹飞溅的声音。他玩一会儿，就要跑回来央求织毛衣的妇女：“妈妈，给我一颗子弹吧！”织毛衣的妇女就会说：“不行！没看这里的人都在睡觉么？要是把谁给打醒了可怎么办？”男孩说：“我不打人，我打空座！”妇女说：“不行！你看谁像你，半夜三更的不睡觉，还在这儿淘气？”

列车行进了大约一小时二十分钟后，王锐站了起来。他估计和林秀珊相会的时刻快到了。果然，十几分钟后，他发现对面有列车驶来。他紧张地盯着那一节一节划过来的列车。在夜晚，列车看上去就像首尾相接的荧光棒，把夜照亮了。王锐发现对面的列车与他所乘坐的列车一样空空荡荡，这两列车就像两个流浪的孤儿一样在深夜中相会。王锐终于发现有一个窗口前站着一个人，他一眼就认出那是林秀珊！她笑吟吟地举着一样东西，看上去像截甘蔗。她近在咫尺，却又遥不可及！王锐真想号啕大哭一场！突然，他觉得背后被什么东西猛地击中了，他不由自主地栽歪了身子，回头一望，只见那个男孩举着玩具枪带着得胜的神色笑望着他。原来他妈妈耐不住他的央求，给了他一颗橡皮子弹。他毫不犹豫地把它射到那像靶子一样立在窗口前的王锐的后背上。

林秀珊只望了一眼王锐，就发现他栽歪了身子。她不知他是累得突然昏倒了，还是出了其他的事。她想看个究竟，可是有王锐的窗口离她越来越远了，她什么也看不见了。而王锐在懊恼中站直身子再眺望窗外时，林秀珊所乘的列车已经像一条蛇一样地溜掉了。他不明白慢车为什么会消失得如此之快？最后他终于悟出了，他不该把慢车当成窗外的风景，因为风景是固定的，而慢车是运行着的。两列反方向运行的慢车在交错时，慢车在那个瞬间就变成了快车。他们相会的那一时刻，等于在瞬间乘坐了快车。

月亮就像在天上运行着的独行的列车，它驶到中天了。不知这列车里都装着些什么，是嫦娥、吴刚和桂花树么？这列车永远起始于黑夜，而它的终点，也永远都是黎明！

布基兰小站的腊八夜

老齐每次交完班，都要蹲在铁轨旁，风雨不误地抽上一棵烟，然后再出站。这习惯，是他认识云娘后养成的，快十年了。

但老齐今天换下制服后，就心急火燎地奔顺吉客店去了，连空饭盒也忘了提。

布基兰是个林区小镇，两三千人口吧。这儿的火车站，是个四等小站，每日上行和下行的客运列车各有两列。往来的货车呢，淡季三四辆，旺季不过五六辆。货车运出的，多是板材和木炭；而运来的，则五花八门，食品药品、日用百货、电器建材等等。总之，输出的是"有"，引进的是"无"。那亮锃锃的铁轨，无意间充当了交易员的角色。

这个小站只有三间黄房子，它们连在一起，一高两低。中间高的是候车室，两侧矮的则是客运室和调度室。老齐是车站的信号员，他在这个岗位上干了二十多年了。他白昼用信号旗，夜间则高举信号灯，寒来暑往的，引导着南来北往的火车，人们便送他一个绰号"齐司令"。每当老婆孩子不听他的话时，老齐就会梗着脖子喊："我一摆小红旗，火车就得打着哆嗦停下来；一挥黄旗子，它就是跑得再欢，也得减速。火车那可是地上的龙啊，都得听我的，你们连龙身上的一片鳞都不如，还敢跟我尥蹶子？！”

老齐的老婆张立秋在菜市场卖调料，身上总是带着股辛辣的气味，她说话也冲：“你真当自己是司令啊？火车进出站，就跟新娘子出阁一样，进哪家门，人家自己心中有数。你挥着旗子戳在那儿，就是瞎子眼前的一根蜡——摆设！你要是能让不该停的火车也停下来，那才算本事！”

老齐的女儿齐小眉也说：“首长的专列要是从布基兰过，你敢摆旗子让它停下来吗？”

老齐哑口无言了，这时候，他只能龇牙咧嘴地揉脖子。一到发怒的时候，他脖子上的青筋就会像铁轨一样清冷地暴突出来。

布基兰车站背靠着滴拉恰山，面对着的，则是小镇。小镇像个方方正正的棋盘，横平竖直的街道为这盘棋打好了疏朗的格子，而均匀排布着的房屋，则是一颗颗棋子。有的棋子看上去气韵非凡，无往而不胜的样子，如镇政府的三层红楼和电信局的二层灰楼；有的看上去萎靡不振，一派颓势，如别雅山下那两排歪歪斜斜的土房。站前广场两侧的小客店，由于地处偏僻，逼仄矮小，看上去就像是被吃掉了的棋子，弃在一旁。可老齐平素最爱的，就是这几颗不起眼的棋子。

出了火车站，下二十几级台阶，向右一转，就到了顺吉客店。从鹿蹄沟、十二里桥和佛爷岭来的旅客，一般在这儿歇脚。客店大约有五十平方米，分三部分，里侧是客房，中间是灶房，入门处则是饭堂。

客房只有一间，四个床位，即便这样，空床的时候仍是很多。反倒是灶房，总是一团忙乱，饭堂里的六张餐桌，很少有闲着的。这儿的酒菜，风味独特，不光外地人喜欢，本地人也得意，布基兰那些懂吃的主儿，是这儿的常客。

进了腊月的太阳，就好像失恋了，早晨八点多才寡白着脸出来，下午四点钟就缩着头下山了，整日没魂似的。老齐六点钟交班的时候，天已黑透了。他下了台阶，看了看天，发现一颗星星也没有，便知入夜又要有雪了。

老齐一进客店，就看见了云娘。她一身黑衣，包一块紫头巾，坐在靠近火炉的方桌前，守着一碟肉干，弓着背喝酒。

“云娘，您有仨月没来了吧？我想您啊。”先前老齐满心的不痛快，见着云娘，云开日朗，喜出望外地说：“看来嘎乌好了！”

云娘咂了一口酒，眨了眨眼，看了老齐一眼，撇着嘴说：“你今天没给铁轨敬烟啊。”

“到底是神仙啊！”老齐大叫着，“我今儿急着来，哪顾得上它呢！再说了，我敬了它这么多年有什么用？想让火车在这儿停一分钟，联系了半下晌儿，连站长都出面了，好话说了一箩筐，也没成，我心里堵得慌啊。您说这铁轨保佑了我们什么呢？我看它伸出的那两条长腿，贱得跟小西天的女人的腿一样，该劈！”

小西天是布基兰最短的一条小街，在自来水公司的后身，不足百米，有三家练歌厅。那儿的点歌小姐，暗中是出卖色相的。老齐的话，让两个知情的食客，一个笑得喷出一口粥，咳嗽起来；一个乐歪了嘴，撇下筷子。

云娘没笑，她放下酒盅，打起了盹儿。八十岁后，她每喝一顿酒，都要打两三回盹儿。老齐看着她眯起了眼睛，便从她的碟子里抓了几条肉干，边嚼边往灶房走。谁知云娘在他背后嘟囔道："五十岁的人了，还像小孩子，偷吃。"

老齐笑了，他知道自己无论做什么事儿都逃不出云娘的眼睛。她的眼睛，阖着跟醒着一样，明察秋毫。

客店的男主人刘泉戴着桦树皮做的高筒帽子，正掂着马勺，嚓啦嚓啦地翻炒着猪肝，他的老婆顺吉则垂着头洗豆芽。以往老齐进来，顺吉总要笑眯眯地叫一声："齐司令到。"可她今天只是抬头望了他一眼，没打招呼。她的两个颧骨通红通红的，看来又进山打猎去了。

刘泉用铲子敲着锅沿儿，说："老齐，好几天没见了，今儿想吃什么？"

老齐说："我约了派出所的老刘，来俩硬菜！"

布基兰的人，习惯把以荤菜为主的菜称为"硬菜"，如熘肉段、浇汁鱼、红烧排骨、油爆肚等。

刘泉说："今儿腊八，都是硬菜！顺吉新打的飞龙你吃不吃？"

老齐说："要是我自己，可舍不得吃野味，我这一个月才开六百来块，享受不起啊。不过请老刘，就豁出去了！给我用飞龙胸脯炒个榨菜，再来个五花肉炖酸菜粉！"

"齐司令请老刘，酒水我就免费了。"顺吉仰起头说："再送你们每人一碗腊八粥，我用新鲜的狍子肉煮的肉粥，里面加了老山芹，撒了晒干的山葱末，鲜着呢。"顺吉的话音刚落，灶房外就有客人吆喝：

“老板娘,这粥好香,再添一碗！”

顺吉答应着,盛了粥,端着,一瘸一拐地往外走,老齐连忙问她这是怎么了？顺吉没吭气,刘泉看着老婆出去了,这才小声对老齐说:“昨儿上山打猎,让野猪给咬了一口！正跟野猪生闷气呢。”

老齐说:“伤得重不重？没去医院看看？”

刘泉一边把炒好的猪肝往盘子里扒拉，一边说:“她穿着狍皮裤,里面还套着条毡裤,就是这样,腿肚子还被咬了道两寸长的口子,流了不少血！幸好没伤着骨头！”

“要是嘎乌跟着去就好了,可惜它这两年不能进山了。”老齐说,“都说熊瞎子祸害人,野猪咬人,我还是头回听说呢。”

刘泉说:“野猪杂食，估计头几天下的大雪让它找不着吃的,这才奔人来了。顺吉说了,成群的野猪不咬人,最怕的,就是她遇见的这种孤猪！那家伙看上去起码有三百来斤,一嘴獠牙,妈的,它还想吃顺吉的肉！”

顺吉举着手回到灶房了,她手上黏糊糊的,看来粥漾出碗了。刘泉连忙抓起抹布,帮她擦手。顺吉见猪肝已炒好,刘泉只顾着聊天,忘了上菜,便嘟囔一句:“猪肝要是回锅,可就没个吃了。”刘泉赶紧端起盘子出了灶房。

老齐笑着问顺吉:“这次进山,忘了敬山神爷了吧？”

“怎么没敬？”顺吉委屈地说,“山神爷八成不想让我帮着镇上打猎了,这才放野猪咬我！进了腊月,孙镇长打发费主任来了三趟了,催我进山,说是快过年了,攒不够野物,给上边送不上年礼,就把我的猎枪缴了。”

“这是威胁！”老齐说，“他们再这么说，你不会也威胁他们，就说这儿已经禁猎了，可他们鼓捣你打猎，违犯《野生动物保护法》！”

顺吉叹了口气说：“我哪硬气得起来呢？我爱打猎，这个小店不全依仗着那些野味出彩吗？要是真把猎枪给没收了，断了客店的财路不说，我也受不了不进山的日子啊。”

老齐说：“那就听人家吆喝吧。他们要送多少年礼啊？你打了半冬的猎了，还不够？”

“费主任说今年得要二十对飞龙，十只雪兔，五只狍子。你也知道，我打的猎物，自己吃了些，再加上野味也是店里的招牌，客人点，咱也偷摸地给做点儿，到现在没有一样猎物够数呢！再说了，野猪咬我这一嘴，可能十天八天都进不了山了，今年要凑够数，悬啊！”

“那你今天还把飞龙拿出来干啥？”老齐说。

“云娘不是来了吗？”顺吉压低声说，“她好几个月不来了，我不把野物摆在灶台上，她还不得把锅给我砸了啊。”

“云娘来了，嘎乌今晚就该来接她了吧？”老齐说。

“谁知道呢？”顺吉忧心忡忡地说，“云娘今天把装神偶的鹿皮口袋拎来了，也不知要干什么，我心里发慌啊。”

“云娘要作法?！”老齐吃惊地说，“她有多少年不干这个了！”

“她带来的是空口袋，神偶没拿来。”顺吉说，“这个口袋肯定要装点儿什么东西回去啊。”

“你怕她装你打的野物？”老齐问。

“她要装野物就好了。”顺吉说。

“我看今晚要下雪，没准儿她会装点儿腊八雪回去呢。”老齐笑着宽慰顺吉，“云娘不是说过吗？它的神偶口袋能盛春风，盛月亮光，盛百合花的香气，盛鸟儿的叫声，盛炊烟。她盛的那些东西，都神，你用不着往坏处想！”

顺吉长吁了一口气，说：“也是啊。”

老齐回到饭堂时，云娘又在吃喝了。老齐发现云娘对面的椅子上，果然搭着装神偶的鹿皮口袋。老齐知道这样的座位是不能坐人的，就拉过一把椅子，坐在云娘身旁，提起酒壶，给她斟酒。云娘眯着眼，问老齐：“你知道腊八为什么要喝粥吗？”

老齐说：“都说‘腊七腊八，冻掉下巴’，我估摸着腊八这天喝粥，就是为了暖身子，保下巴！”

云娘“扑哧”一声乐了，说：“腊八是释迦牟尼成道的日子，寺院里要煮粥供佛，这风俗后来传到民间，老百姓才在这天喝腊八粥啊。”

老齐说：“我喝了大半辈子的腊八粥了，都不知道为什么，看来年年喝的都是糊涂粥啊。”

云娘说：“我一来，顺吉就告诉我那个剁手指的人的事儿了。他的手指接上后怎么样了？能动弹吗？”

“云娘啊，我这半下晌儿忙乎的就是这个人的事啊。他的手指接上后，一直都是好动静，知冷知热，不痛不痒，可昨晚上突然就不行了。三根手指，有两根没知觉了，而且那指头乌紫乌紫的，估摸着不过血脉了！照这样下去，他的手指恐怕保不住了！闵医生说这里治不了了，帮他联系了哈尔滨的大医院，让尽快转院呢。您这仨月不出门不知道，两个多月前，火车大提速了，这一提速不要紧，从栖林发来的开往哈尔滨的快车不在咱这儿停了,只有一趟去齐齐哈尔的慢车了!要是乘慢车去,再转到哈尔滨,得晚七八个钟头啊。他那手指,多耽搁一小时,就少一分存活的希望啊。你说一个靠力气吃饭的人,丢了手指,跟丢了魂儿有什么区别!派出所的老刘求我,想让快车今晚能在布基兰站停上一分钟,我跟站长商量后,与管辖的铁路局的车务段联系了,说是布基兰有危重患者,要乘快车走,可人家听了情况后,说这人没有生命危险,不能给他停车!”老齐拍了一下桌子,说,“我要是在快车进站前给它一个紧急停车的信号,它也不敢不停!可是它停了后,我也就下岗了,没那胆子啊。”老齐哆嗦着嘴唇,垂下头。

“快车为啥不在咱这儿停了?”云娘问。

“庙小,客流量小,人家当然不待见了。”老齐说,“小站在提速中成了火车线上的毒瘤,人家说切就切,你有什么辙啊,刀又不握在咱手中。现在我明白了人们为什么都爱往大地方奔了,方便啊。”

云娘抿了一口酒,说:“你怎么不让那人从公路坐车到高桥,再从那儿搭快车走?高桥是大站,火车不会不停吧?”

“云娘,前几天的那场大雪,把公路给封了,汽车停运了四天了!”老齐说,“要是能那样走,我才不求火车呢。”

云娘张开嘴,打了个长长的呵欠,冲老齐摆摆手,轰他走的样子,又打盹儿了。老齐无声地笑了,他再一次把手伸向碟子,抓了几条肉干,边吃边朝外走,打算迎迎老刘。

老刘是派出所的警察,比老齐大两岁,五十二了。腊月初四的早晨,小镇发生了一起案子,兴发刨花板厂厂长郭大头家的仓房被盗了。虽然丢的东西不多,但郭大头非常在意,认为这个贼有来头,因为仓房里大米白面豆油猪肉应有尽有,贼只偷了他一袋面,一条肉,好像有点儿警告的意思。郭大头想知道是谁在算计他,因而报案的时候许诺派出所,如果能尽快破案,他就给每个干警发两坨带鱼,作为年礼。

这案子落到老刘手里,不出三个小时就破了。原来现场留下的脚印很清晰,是老式的大头鞋印,四十三码左右,三接头的,如今几乎没人穿了。老刘知道,过去山场的伐木工才穿这种鞋。现在封山育林了,木材开采量逐年减少,大部分山场撤并了,伐木工要么失业,要么转产干别的去了,所以在布基兰,这种鞋快绝迹了。老刘循着留在雪地上的鞋印,一直跟踪到镇南头公共厕所前的十字路口。奇怪的是,到了那儿,大头鞋印消失了。老刘把交叉着的小路仔细看了,再没发现那种脚印,看来贼到了这里以后,意识到留在雪地上的鞋印是不安全的,采取了保护措施。老刘蹲在公厕前,抽了棵烟后,心想贼如果是有预谋的,那么他会换上另一双鞋回家,让线索彻底中断;可如果贼是突然醒悟的,情急之下,完全有可能脱下鞋,赤脚行走。老刘再一次察看十字路口,果然发现了两行与众不同的足迹,它们没有鞋的禁锢,是真正的脚印!那脚印一行深重,一行清浅,老刘根据它们的特征和所指的方向,判定贼是用左肩扛着那袋面,因而左侧的脚印灿烂,右侧的蒙眬。老刘顺着脚印,寻到别雅山下。那儿的两幢土房,是镇子里最破的,板夹泥的墙体已经下沉,房顶的油毡纸也老化了。住在这儿的,多是盲流。他们夏天采山,打鱼,冬季则在镇子里打零工。脚印最终指向一座破败的门楼,门楼下吊着两扇对开的木门，一扇关着，另一扇因为上头的合页掉了，中风似的，侧歪着身子。老刘进得院子，只见一个瘦高的中年男人正佝偻着腰整理废品，地上堆着废纸盒、空的易拉罐和矿泉水瓶。那男人面色萎黄，胡楂儿上挂着霜雪。他见进来的人穿着制服，便打起了寒战。老刘说：“你是个左撇子吧？”那人“嗯”了一声，老刘又说：“脱了鞋从公共厕所光着脚往回走，有三百来米吧，是不是冻伤了脚？”那人又“嗯”了一声，眼里泛起泪花，转身回屋了。

老刘跟进屋，恍如掉进了冰窖。虽然太阳已经很高了，可玻璃窗上的霜花还没融化。屋子不大，两个小间，外加一个灶房。灶房里戳着三口缸，一大两小。大的是酸菜缸，小的是咸菜缸和米缸。老刘把每个缸盖儿都拉了一下，发现酸菜还剩多半缸，咸菜是小半缸，而米缸快见底儿了。进到东屋，见只有一床一桌一椅，床头上贴着一张世界地图，叠得整齐的被子上放着一个暖水袋。桌上摆着一盏台灯，一摞书本和一块没啃完的萝卜。老刘转到西屋，第一眼就扫见了床底下搁着的一双笨头笨脑的大头鞋，老刘指着鞋说：“四十三码的吧？”那人点了下头。老刘又问：“以前是伐木的？”那人说：“在贮木场开绞盘机来着。”说完，出了屋子。不一会儿，他喘着粗气，拎着一袋面和一条猪肉进来了，他把它们放到地上，扑通一声给老刘跪下了，耷拉着脑袋说：“求求你别抓走我，我把东西原封不动地还回去。我家豆瓣才十三岁，我进去了，他就成了没爹没娘的孩子了呀。”

这个贼叫刘志，鹿蹄沟人，三十八岁，可老刘觉得他满面沧桑的样子，像是五十岁了。刘志以前在鹿蹄沟贮木厂工作，六年前林场精减人员，他下岗了。他和老婆开了个豆腐房。四年前，鹿蹄沟来了个做木材生意的商人，他爱吃豆腐，刘志的老婆每天都去他的住处送豆腐，一来二去，两个人有了私情。商人离开鹿蹄沟时，这女人抛下丈夫和儿子，跟着跑了。从那以后，刘志只要山门，碰见他的人都会开他的玩笑："刘志啊，你是真冤啊，人家一吃，吃了你两种豆腐啊！"刘志受不了这羞辱，带着儿子，投奔布基兰的哥哥刘同来了。刘同是筷子厂的工人，老婆一身的病，孩子刚上大学，他自己又贪酒，所以根本接济不了弟弟。刘志花了一千块钱买下南山这两间破旧的平房，跟儿子住了下来。这几年，他风里雨里的，蹬三轮，打鱼，采山，捡废品，该吃的苦都吃了，与儿子相依为命。儿子豆瓣学习好，又懂事，放学后常帮着父亲捡废品。所以虽然日子过得清苦，却也温暖。谁料夏末，刘志遭了场灾，得了急性阑尾炎，术后第六天，刚拆完线，他就下河打鱼了，致使伤口感染，不得已又回到医院，这两年辛苦攒下的那点儿钱，一家伙都被病给卷走了。他囊中羞涩，所以入冬以来，人要吃的粮食和火炉要吃的煤，全都吃紧了。他一天只吃两顿饭，火炉只在做饭的时候才点着。人的肚子空落落的，屋子冷飕飕的。进了腊月后，刘志想着不能让儿子过年吃不上顿饺子，就动了偷窃的念头。

老刘问刘志："郭大头家的仓房那么多好吃的，你怎么只偷了一袋面，一条肉？是拿不动吗？"

刘志说："我想着这些东西过年包饺子绰绰有余了，就没拿别的。还有，我以为有钱人家丢这点儿东西，就跟掉了根头发丝似的，算不得什么，不会报案的。"

老刘又问："你儿子知道你偷东西的事吗？"

"哪能让孩子知道呢，那样我还有什么脸当爹！我是趁他睡熟了，凌晨两点来钟，偷、偷的。”刘志说到“偷”字，突然结巴起来，他别过脸，哭了。

老刘没有抓走刘志。他离开他家，一路蹚着罪犯的脚印往回走，把唯一的线索搅浑了。回到派出所，他向所长汇报，说是案发现场除了留下的大头鞋印，再没有其他的物证。而那串脚印，在中途就消失了，所以无法判断贼的去向，再加上没有目击证人，估计这个案子很难告破。所长一挥手说：“破不了算了，一袋面一条肉的，不是吃不上喝不上的，谁偷这个？郭大头悬赏的每人那两坨带鱼，咱也不稀罕！他那么有钱，平时要是多接济点儿穷人，能遭贼吗？”

就为了这番话，那天晚上，老刘把所长请到顺吉客店，痛痛快快地喝了顿酒。酒后，趁着粮油店还没关门，他买了一袋大米，一桶豆油，用自行车驮着，送到刘志家。昏暗的灯影下，刘志和儿子正围坐在灶台前，一人擎着一只海碗，喝着菜粥。那个叫豆瓣的孩子，老刘一眼就喜欢上了。他很单细，是个豁牙子，左脸上长着一片姿态妖娆的癣，看上去像挂着一幅地图。大约家中不常来人的缘故，他看人时有点儿怯生生的。老刘一进来，他就把自己坐着的板凳拎起来，递给他，唤客人坐。

老刘没坐，他放下米和油，对刘志说：“正月没事，领着豆瓣去我家串门去吧。我家就在派出所后身，把东头。”说完，怜爱地抚摩了一下豆瓣的脑门，走了。

老刘以为事情就此结束了。谁料第二天上午，九点来钟，他刚上班，刘志竟然来了。他穿着大头鞋，黄棉袄，光着头，面色苍白，瑟缩着，用左手提着一个巴掌大的布口袋，见了老刘，哆嗦着递上口袋，老刘狐疑地抻开袋口，一看，里面竟然装着三根血糊糊的断指！

原来，刘志用左手剁掉了自己右手的三根手指：二拇指、中指和无名指。他说只有这样，才能洗心革面，报答老刘的恩情。本来不想让它水落石出的案子，经刘志这一折腾，无人不晓了。

布基兰镇医院，只有一名外科医生，姓闵，本已退休了，但因为没有年轻医生愿意来布基兰接替他的工作，医院只好把他返聘回来。闵医生能做的手术，无外乎阑尾切除、胆囊摘除，以及外伤缝合的小手术。痔疮手术他也能做，但他嫌做了那手术后，他总要恶心两天，所以坚辞不做。镇医院的外科，不像内科和儿科那么忙碌，很清闲。闵医生常常是上午十点钟上班，午后三点多就回家了。在班上，他也一副老爷的派头，夏天摇着檀香木的扇子，用透明的玻璃杯沏着菊花和枸杞，滋润着五脏；冬天则把着盏紫砂茶壶，慢慢地品着乌龙茶。他懂得养生，烟酒不沾，所以即使六十多岁了，鬓角还看不到白发。布基兰的人，对他印象都不大好，除了不信任他的医术外，还因为他死了老婆后，入夜常去小西天取乐。人们都说："六十多的人了，还好那个，不要脸！"

老刘看着刘志的断指，气得七窍生烟，数落他："你一个靠力气吃饭的人，断了手指，就是断了生路，愚蠢啊！"老刘不由分说，提起装有断指的口袋，拉着刘志要去医院，可刘志说什么也不去，说是右手有大拇指和小拇指把持着，跟刘备拥有了关羽和诸葛亮一样，文武双全，可以畅行天下了。老刘不得不用武力，和另一位警察，强行把他拖到医院。

一般来说，断指再植，不能超过六小时，而且要求肌肉、血管和神经没有完全断裂，这样，成活率才高。虽然刘志的断指离体时间较短，可闵医生从来没有做过这样的手术，因而看着断指，就像看着一道解不开的题，一脸迷茫。老刘见他退缩，就说："你就死马当作活马医吧，不成，也怪不得你。"闵医生说："我不能给他做，要是失败了，我这一世的英名，还不得毁在一个贼手里？"老刘想："你一个比屠夫高明不了多少的医生，有个屁英名？"但嘴上还得鼓励他，说以他的妙手，定能让刘志的手指起死回生。闵医生这才不情愿地给刘志的伤口清创，开始了再植手术。他用了三个小时，缝合肌腱和神经，重建血循环，闭合创口，将三根断指接上了。第二天，刘志的断指有了知觉，第三天，中指能微微颤动了，连闵医生都认为奇迹出现了，谁知风云突变呢。

老齐站在路灯下，想起老刘上午对自己说的话，心底起了寒意。刘志的哥哥刘同，竟然跑到派出所去闹，说是刘志的三根手指要是活不成，老刘应该对弟弟进行伤残赔偿。按照他的逻辑，饶恕是最残忍的刑罚，老刘正因为施用了这看不见的酷刑，才害了刘志。埋怨老刘的，除了刘同，还有郭大头。他说："案子本来破了，愣说没线索，害得我睡不安稳，买来两条大狼狗看家护院，这不是糟践人吗？你们不抓贼也行，悄悄把实底儿告诉给我啊，省得我担惊受怕的，连过年的心思都没了！"

冬夜的布基兰是安详的。如果是晴天，又有月亮的话，你能看见滴拉恰山和别雅山上的条条雪痕。滴拉恰，是鄂伦春语"太阳神"的意思，而"别雅"，指的是"月亮神"。七八十年以前，游荡在这一带的，只有以狩猎为生的鄂伦春人，所以这里的山脉、河流，大都是鄂伦春人命名的。他们起的名字,充满了神性色彩。比如布基兰,按照云娘的说法,是由她曾做过萨满的父亲给起的。萨满,是部落的神,他们穿上神衣,通过作法,可以上天入地,为人除病消灾,脱离苦难。“布基兰”指的就是缀在萨满神衣上的饰物,它用铁片制成,状如小喇叭,据说可以招财祈福。汉族人进驻以后,森林大开发开始了,很多地名都被说成有迷信色彩而被抹去了,改换成“红卫、战辉、兴林”一类的,但布基兰的地名却沿袭下来,它周围的山脉的名字也留了下来。

老齐想起布基兰地名的由来,不由得仰天长叹,说了句:“这儿不是神衣上的小喇叭吗,今晚就让它给咱吹个响吧,让快车在这儿停上一分钟!”说完,低下头来,跺了跺脚。腊月里,在户外站上一刻,脚就会冻得发木,得活动活动。

老刘终于大踏步地来了,他走路始终保持着警察的作风,干练迅捷。

老齐用脚踢了一下路灯杆,说:“怎么没换下制服?又夜班?”

老刘气喘吁吁地说:“镇政府门前的那两盏大红宫灯,昨晚丢了一盏,把孙镇长气疯了,说是竟敢偷到他眼皮子底下,胆大包天!这不,为这事儿,我今儿得加夜班。后半夜那趟慢车进站时,我得去查验上站的旅客携带的物品。”

“一盏灯笼,至于吗?”老齐说,“又没撬金柜,他干吗抓肝挠心、兴师动众的?”

“所长偷着跟我说,这两盏红灯笼,是一个算命先生指点孙镇长挂在镇政府门前的。说是只要灯笼没事,保他鸿运当头。这灯笼挂了整四年了，孙镇长人旺运旺，听说过了年，就要提拔到县里当副县长了。丢了灯笼，就跟挖了他一只眼一样，疼得他直跳，把打更的老张头给开回家了，说他老眼昏花的，只知道睡，连盏灯笼都看不住，属猪的！”

“我看哪，这是哪个小孩子淘气，偷回家玩儿去了。”老齐说，“要不就是孙镇长整天耀武扬威的，有人看不惯，偷盏灯笼解解气。”

“你说得在理。”老刘说，“他们也真傻，说是偷灯笼的人不敢在布基兰点，肯定要把灯笼转移出去，恨不能在每个路口都设下卡子盘查，看来真把灯笼当作神灯了！要真像你说的，偷灯笼的人就为了给孙镇长点儿颜色看看，我看人家早把它填到炉膛里，一把火烧了，哪儿找去啊！”

老齐说：“就是啊，你今儿就在这儿消停地喝酒，管它灯笼不灯笼的呢。”

老刘擤了把鼻涕，说：“反正我也得送刘志上那趟慢车，既然到了车站，顺便查查吧，也算是给所里一个交代。”说完，跟着老齐进了客店。

云娘醒了，她正独自咯咯乐着，大概打盹儿的时候想起了什么有趣的事情。那些纵横交织的皱纹，便在她脸上结成了一张网。平素这网沉潜着，波澜不惊，可是这阵笑，让这网拉紧了，悬浮起来，每个网眼里都漾着活泼的光影，使云娘看上去充满了生气。老刘像老齐一样，见着云娘，兴奋地说：“您老出来了，看来嘎乌好了！”

常来顺吉客店的人都知道，自从云娘下山后，她习惯下午三四点钟，从滴拉恰山脚下的木屋出来，横穿铁道，到顺吉客店喝酒。晚上九点多钟，嘎乌会准时来接它的主人回去。未提速前的列车，晚上十点三刻进站，云娘和嘎乌会赶在这之前，越过铁道，回到山下的木屋。

布基兰小镇，大约有六十多鄂伦春人。鄂伦春的猎民，三十年前就下山定居了，只有云娘，一直坚守在山里。十一年前，她因为衰老，被迫下山。不过她不喜欢住在镇子里，而是在滴拉恰山脚造了木屋，带着嘎乌住在那里。嘎乌是云娘心爱的猎犬，在鄂伦春语中，“嘎乌”是“撑杆”的意思，而嘎乌在云娘的生活中，也确实起着“撑杆”的作用。云娘在山中游猎时，眼神不济，猎枪打出的子弹十有八九走空，全仗着嘎乌帮着追捕猎物。嘎乌捕获过比它弱小的野兔，也让比它高大的狍子丧命于爪下。喜欢这条猎犬的人，都知道嘎乌的身世。有一年早春，云娘游猎到潮旺河，在河畔的矮树丛中，从一群呀呀叫着的乌鸦身下，发现了一条猎犬的尸体，它已被乌鸦啄食得血肉模糊，残破不堪，嗜血的蚊子和小咬在它身上飞舞着。云娘不知道这是谁的猎犬，它为何脱离了主人，死在这里？云娘赶跑了乌鸦，动手挖坑，想把它埋葬了。就在这时，一阵狺狺的叫声温柔地传来，云娘诧异，循声而去，在一个脸盆大的草窠中，发现了三只狗崽！其中的两只，侧卧着，已没了气息，而活着的那只，毛色灰黄，趔趄着，努力想站起来。云娘这才明白，那条猎犬是因生产而死的，它留下了三只嗷嗷待哺的幼崽。死去的两只狗崽，估计是吮吸不到奶水，活活被饿死的。云娘把死去的母狗和它的两条狗崽埋葬在一起，然后把那条活着的带回营地，喂它米汤，使它一天天精神起来。

嘎乌似乎是专为云娘而来的。那时陪伴在云娘身边的猎犬奥伦，正因为云娘的男人、老猎手乌鲁达的死，而深深悲哀着。十五岁的奥伦整日嗅着主人留下的衣物，满含泪水地看着挂在柱子上的主人用过的猎枪，不吃不喝。嘎乌到后的第七天，奥伦死了。云娘用丈夫训练奥伦的办法来训练嘎乌，在它幼小的时候，就把打来的灰鼠、野兔和狍子放在它面前，让它仔细地闻，增强它对猎物的嗅觉，而当它长大可以出猎了，在出发前，总是不让它吃饱，这样，它就会奋勇追逐猎物。嘎乌长到两岁时，云娘才看出了它不是一般的猎犬。它的躯体开始往瘦长发展，尾巴粗大蓬松，犬牙突出，再看它竖起的耳朵和微微向上偏斜的眼睛，云娘明白了，嘎乌的父亲是条狼！那条死去的雌性猎犬，看来是在深山中与狼交配，才生下了这样一窝特殊的狗崽。云娘想起丈夫乌鲁达就死在狼手上，便动了抛弃嘎乌的念头。她先后三次，把它带到山谷里，用铁丝套把它的一条腿缠上，绑在树根上，然后转身离去。这样，嘎乌挣断那个套儿，起码要一两个小时，而她会走得远远的了。然而，前两次嘎乌不出半小时就挣断铁索，赶上了主人。第三次时，云娘一狠心，绑了它一前一后两条腿，心想你有天大的本事，也找不到我了。那天晚上，嘎乌果然没有回来。但第二天黄昏，它居然又出现在营地。它被绑过的腿伤痕累累，见着云娘，嘎乌歪着头呜呜叫着，满眼泪水。云娘感动得落泪了，她终于决定把嘎乌留在身边了。

嘎乌不仅救过云娘的命，也救过顺吉的命。要下山的那年秋天，一个大雾的早晨，云娘带着嘎乌出猎，由于看不清林子，她迷路了，差点儿跌入被人称为“鬼门关”的一线谷。如果不是嘎乌死死咬住主人的裤脚不松口，云娘在那个雾天就化为谷底的幽魂了。下山以后，比云娘更适应不了小镇生活的，是嘎乌。它清晨起来，就站在木屋前，将头偏向滴拉恰山，久久望着。晚上，它常常在山脚下徘徊，发出低沉的叫声。云娘明白，以嘎乌的血统，让它离开山，比其他猎犬更痛苦。有好多次，云娘拍着它的身子说："嘎乌，回山里吧，云娘不埋怨你！"嘎乌似乎听懂了主人的话似的，云娘一旦这么说，它立刻夹起尾巴回屋，蜷缩在云娘的铺底下，似乎是在告诉主人：我这一生，将与你厮守了。最终让嘎乌可以时常回到山里的，是顺吉。为了招待时常来检查工作的上级领导，镇政府选中了鄂伦春人中最优秀的猎手顺吉，让派出所把收缴上来的猎枪还她，差她上山打野物。这样，云娘就让顺吉把嘎乌带上了。顺吉出猎的日子，就会去滴拉恰山下接嘎乌，出猎归来，嘎乌会立刻脱离顺吉，一路飞奔回家。有一年深秋，顺吉进山后，差点儿遭遇不测。由于秋季的山峦五彩斑斓，顺吉根本没注意到树丛中有一只黑熊，等它一耸身站起来，直立着冲向顺吉时，顺吉举枪已经来不及了。就在这生死攸关的时刻，嘎乌像闪电一样扑向黑熊，撕咬它的颈部，顺吉得以脱身。所以顺吉跟云娘一样，把嘎乌当作生命中的至爱。云娘每次来客店吃酒，嘎乌并不一同来，它会守着木屋，等到晚上九点多钟再接主人回去。嘎乌一挠客店的门，顺吉就会把特意备下的吃食拿出来，款待它。她从不把客人剩下的饭菜给它，觉得那样待嘎乌是不敬的。近几年，嘎乌的身手不如从前敏捷了，它跟着顺吉出猎，往往到中途就跑不动了。毕竟，它已经十九岁了。对于一条猎犬来说，这已是高龄了。所以，这两年，顺吉不带着嘎乌进山了。云娘说，她活够了，只是她不能死在嘎乌之前，她要等着它去西天了，才离开。所以几个月前嘎乌突然耳聋眼昏，起不来了,云娘就开始缝制寿衣了。她守着嘎乌,都不来客店吃酒了。

云娘的本名叫孟善云,只因她无儿无女,爱戴她的鄂伦春儿女们,都唤她云娘。她下山后,顺吉曾要接她来家住,可云娘说她喜欢和嘎乌住在滴拉恰山下,那样,跟山还连着心。云娘是个闲不住的人,布基兰有一家私人开的桦树皮工艺礼品店,专门收购鄂伦春人做的各种精美的桦皮制品,销往大城市。云娘便在家中做起了桦皮盒。她在桦皮盒上针刻出的图案,无论是花朵、树叶还是蝴蝶,都是那么的朴拙、优美,别有神韵。刘泉上灶时戴的高筒桦皮帽子,就是云娘做的,她在那上面刻了云彩和飞鸟的图案。刘泉开玩笑说,戴着这顶帽子,老觉得它会把自己带上天。除了做桦皮盒,云娘每日必做的事情,就是把父亲遗留下来的装神偶的鹿皮口袋打开,说上一些别人都听不懂的话。有一年大旱,云娘背着神偶口袋出来了,她到了河边,取出其中的两件神偶,扁形的刻有鱼鳞纹的木制雷神,以及长条形的用薄木片做成的有角有爪的龙神,开始了祈雨。也怪,那天本来晴空万里,可傍晚时分,空中突然浓云滚滚,雷声隆隆,大雨倾盆而下,使旱情得到了缓解。还有一回,镇委书记的儿子吴作文来到客店,要分文不付地拿走两只野兔,顺吉不从,吴作文就要挟她,说是要把她押到派出所,以非法打猎来治她的罪,顺吉哭了。正在这时,云娘推门而入,她的肩上,背着神偶口袋。她没有跟任何人打招呼,径自坐到火炉旁的椅子上,慢慢地从皮口袋中取出一件神偶。那件神偶是用木头块做成的,上面描画着的人身披铠甲,威风凛凛。云娘对着这件神偶,拱手拜了三下,然后眯起眼,念叨着什么,旁边的吴作文就像抽了羊角风似的,嘴斜眼歪的,浑身颤抖起来。当时,老齐刚好在场，他大叫着："云娘，这是哪路神仙啊？"云娘说："卡稳神来了，他是个常胜将军，专门惩治坏人！要想活命的，就别拿你不该拿的。"吴作文吓得面如土色，连忙撇下了手中的野兔，逃之夭夭。也就是那天，云娘对老齐说，这世上，没有没有魂灵的东西啊，草木啊花朵啊石头啊河流啊，包括你整天看着的铁轨，都是有灵的。猎人进山得敬白那查山神，你也应该敬铁轨啊。老齐问，我怎么个敬法啊？云娘说，你每天下了班，蹲在铁轨前，点上一棵烟，心里想着你这是敬铁轨呢，感谢他保佑了你的工作，把烟抽了，它也就心领了。老齐虽然嘴上说："它是钢铁做的，有什么心？"但他还是从第二天开始，在交了班后，蹲在铁轨前抽上一棵烟，敬铁轨。有时候，月亮出来得早，月光在铁轨上一跳一跳地发出白光，老齐就认定那是神灵领受了他的好意，在跟他说话。

云娘鹿皮口袋里装的神偶，有象征团结互助的连在一起的九个小人的"阿尼冉神"，有驱除黑暗的单腿的"乌六浅"神，有表示忠贞爱情的"库力斤"神，有意喻光明的太阳神和月亮神，还有鹰神、草神等。这些神偶有的是木制的，有的是草编的，还有的是用兽皮缝制的。一般来说，云娘只有把神偶拿出来，别人才有幸看到它们，否则，那个口袋是不能碰的。所以那里究竟装着多少神，没人知道的。

老刘跟云娘寒暄的时候，发现了装神偶的空袋子。他说："云娘，里面的神偶哪儿去了？"

"各回各的路去了呗。"云娘撇着嘴说。

"神仙们怎么能抛下云娘不管呢，我不信！"老刘笑着说。

云娘问老刘："你饶过那个贼，惹了大麻烦，落埋怨了吧？"

“在所里是没落埋怨，所长是个好心人，您也知道！”老刘说：“就是在家里受不了老婆的唠叨，说我好心没得好报，自作自受！这不，我让她晚上煮点儿腊八粥，她说什么？你那么好心，全布基兰镇的人都知道你是大善人，去谁家不混碗粥喝啊，以后就别回家吃了！这不老齐看我可怜，请我来喝粥吗！”

“那人不是自己剁掉的手指吗？”云娘说，“怎么又张罗着出去治了？”

“云娘，这贼倒刚强，不主张去哈尔滨治，说是手上有了大拇指和小拇指，天地两全，没什么好怕的，可是他哥哥胡搅蛮缠，不干啊！还有这贼的儿子，一个挺招人稀罕的孩子，知道他爸剁了手指，他的手指也跟着疼起来，连铅笔和圆规都拿不住了。这贼跟我说了，不为别的，完全是为了儿子，才想着救活那三根手指啊！”老刘忽然压低声，眨着眼睛，神神秘秘地说：“云娘，您有本事接上他的手指吧？”

“我九点多就回家了。”云娘说，“到时嘎乌就会来接我了。”

“您要是答应给他接骨，我让他早点儿过来不就行了？”老刘说，“您吹一口仙气，他的手指头可就是旱苗得了春雨，有救了！那样，他也不用往哈尔滨折腾了。”

老齐也说：“云娘，您一提着神偶口袋出来，肯定是要帮助有灾有难的人，这个贼挺不容易的，您看在他孩子的份上，帮帮他吧，啊？”

云娘收起笑容，皱着眉，放下酒盅，用手指敲着桌子，冲灶房吆喝着：“顺吉，还不快把老刘老齐的菜上来，好堵住他们的嘴？”说完，吁了口气，又打盹儿了。

老齐跟老刘耳语道："咱哥儿俩把云娘惹不高兴了。她能求雨不假，可是让她接骨，难为她啊。再说了，她今儿带来的神偶口袋，是空的！没神偶，她怎么作法？咱真不该说那话啊。"

老刘说："没事，一会儿云娘醒了，咱每人敬她一盅酒，她也就消气了。"

顺吉左手拎着一壶酒，右手端着一盘榨菜炒飞龙，从灶房出来了。因为年轻时的一桩经历，顺吉每次见了老刘，都要害臊，虽然她也五十岁的人了。二十多年前，顺吉从山上嫁到布基兰，新郎官刘泉是汉族人，在供销社卖货，顺吉是在下山买酒的时候认识他的。在她想来，嫁给一个卖酒的，一辈子都是好气味。然而婚后的第二天早晨，顺吉背着猎枪，气冲冲地来到派出所。接待她的刚好是老刘。顺吉把猎枪往办公桌上"啪"地一横，说是昨晚亏了这杆枪，不然她就没命了！老刘连忙问怎么了？顺吉说："怎么了？他吹了蜡，变成了野兽，往我身上扑！幸亏我力气大，踢开他，抓起猎枪顶住他的脑袋，把他镇住了！你们汉族人这是欺压我们鄂伦春人，我让你把他抓起来！"老刘那时已成家，做了爸爸了，他笑着说顺吉："不是汉族人欺压鄂伦春人，那是汉族男人向鄂伦春姑娘求爱呢！"顺吉不信，她离家出走，回到山里。一周后，云娘把她送回来了。从那以后，她才温顺地和刘泉过起了日子，而且在不到三年的时间里，一连为他生了两个儿子。顺吉的大儿子命运不好，十九岁时下河洗澡淹死了，她的小儿子运气不错，考上了大专，学美术。云娘说，这孩子只要打来电话，不出三句话，就是要钱。顺吉很后悔把小儿子送到城里上学，说他留着长发，抽着烟卷，穿着故意露着膝盖和胳膊肘的衣裤，学坏了。

顺吉往桌上摆酒菜的时候,老刘跟她开起了玩笑:“顺吉,见着我这么高兴啊,连路都不会走了!”

老齐哈哈笑了起来,说:“哪儿啊,她这是让野猪给咬了!”

“野猪竟敢欺压顺吉,赶明儿我去山里把它抓起来!”老刘话中有话地说。

顺吉红了脸,有些气恼地说老刘:“看你这一脸的胡子,快赶上野猪的了!”

老刘摸着下巴说:“这两天我的剃须刀不见了,记着是放在办公桌上的,可死活找不着了,三天不修理,它就噌噌往上长。”

顺吉说:“我刚才在灶房听齐司令跟云娘说,那个人的手指不行了,你说要是万一真保不住了,他家还不得讹上你啊?”

“一个敢剁了自己手指的人,怎么会讹别人呢?!”老刘拍着胸脯说,“我老刘看不差人,虽说他是个贼,但是条汉子!招人烦的是这贼的哥哥,完全是个无赖!我帮着筹措的看病的五千块钱,他竟想要扣除五百,说是他弟弟出去看病,他这个做伯伯的得照看侄子,没钱不行!”

“结果呢?”顺吉问。

“那孩子争气啊,他说不需要大伯照顾,他自己能生火做饭,一个人在家没问题。”老刘慨叹道,“穷人的孩子早当家啊。”

“他家不是住在别雅山下吗,离客店又不远,就让孩子每天来这儿吃吧。”顺吉说,“从他家到这儿,走个十五分钟也到了。”

“这主意倒不错!”老刘说,“我们顺吉就是菩萨心肠。”

灶房里传来“咣——咣——”的响声，客店的老主顾都知道，刘泉呼唤顺吉，喜欢用铁铲敲打马勺。老齐逗顺吉：“快去吧，他可是一分钟都离不开你啊。”

“哼，准是又找不着东西了。”顺吉往灶房走时，猫腰看了一眼云娘，回身小声对老齐老刘说，“还真是睡着了啊。”

来喝腊八粥的客人，个个都是满意而归。店里每走出一个人，就会有一团白炽的寒气，趁着开门的瞬间，鬼影似的扑进屋来，好像寒气也想喝上一碗粥，暖和了自己。老齐叫的菜已经上齐，酒过三巡，当店里只剩下老齐、老刘和云娘时，老齐问老刘：“那个叫刘志的，他看病的五千块钱，你是不是从儿子那儿掂掇的？”

“让你猜着了。”老刘说，“儿子开着汽车修理铺，比我上班强多了，年年都不少挣！老子平时不花他的钱，现在急用，借他个三千五千的，他敢不给？”

正说着，老刘的手机响了。他从裤兜掏出电话，“喂——”了一声之后，不耐烦地说：“我正值勤呢，你又找我干什么？刘志的事儿我托铁路上的朋友联系了，他又不是有生命危险的人，快车怎么可能为了这点儿小事停呢！”

对方不知又说了一些什么，只听老刘冷笑了一声，说：“有本事就自己造一个吧。”气咻咻地挂断了电话，把它撇在桌子上。

“是刘志的哥哥吧？”老齐问。

老刘点了点头，苦笑道：“这混账，那天去办公室闹，拿走了我的剃须刀！他刚才胡子刮到一半，没电了，仔细一看，这才明白它是充电式的剃须刀。你猜他跟我说什么？让我把充电器找出来，送到他家去！”

“妈的，这也太拿人不识数了！”老齐说，“把他抓起来，塞进笆篱子，让他吃个十天半月的牢饭，他也就老实了！”

“这家伙可是没少喝酒，刚才话都说不利落了。”老刘叹了口气说，“理解他吧，日子过得不随心，人会焦躁。说点儿过头话，干点儿过头事，担待着吧。咱哥儿俩别为这事儿坏了情绪，来来，这么好的菜，可不能糟践了，再干一个！”

老齐撸起袖管，将一条腿支在椅子上，说：“你值夜班，都敢喝酒，我一个交了班的，怕什么？大不了喝多了回不了家，住在这儿！”

“你可不能住这儿，要是醉得人事不省，万一半夜欺压了顺吉，刘泉用铁勺敲碎你的脑壳，我可就有忙活的了！”老刘端起酒盅，一饮而尽。

老齐哈哈笑着，对老刘说：“我不瞒你，我这辈子，就欺压了我老婆这么一个女人啊，想想真是亏啊。你跟我说个实话，你不会像我这么废物吧？你现在眼袋下来了，腰弯了，脸上的褶子也多了，可你年轻的时候，浓眉大眼，腰板溜直，穿制服，戴着大盖帽，听说那时帮你洗衣服的姑娘一拨一拨的？”

“我呀，就出了一次轨。”老刘挤着眼睛说。

“跟谁？”老齐再次撸了撸袖子，亢奋地问，“我认识吗？”

“麻家烧烤店的老板娘啊。”老刘说，“那年她不是晕倒在街上了吗，赶巧我路过，嘴对嘴给她做人工呼吸。结果呢，她缓过来了，我快背气了，她那满嘴的孜然味，把我给熏的，反胃了一个礼拜啊。”

“嘿，喝得这么高兴啊。”刘泉忙完了灶上的事情，摘下了桦皮帽子,叼着烟出来了。他这两年谢顶了,所以一旦不戴帽子,看上去老气横秋的。

老齐说:“来来,你也喝两盅,反正店里没人了。”

“喝一盅吧。”刘泉说,“这刚七点钟,一会儿要是来了客人,我喝多了,再把白糖当作咸盐给使了,还不得坏了这店的名声啊。”

“这一段生意好像不如从前红火了,为啥?”老齐问。

“为啥你该最清楚啊。”刘泉使劲吸了一口烟,说,“火车一提速,快车不在这停了,好多旅客都不在咱这儿上下站了,人家宁肯坐汽车到高桥站去搭快车啊。旅客少了,生意当然比不得从前了。我这客店受影响还不算最明显的,像隔壁的水果铺,营业额比以前减少了一半,人家正张罗着兑店呢!”

“我看哪,如今开啥铺子,也比不上开澡堂子和练歌厅红火!”老齐对刘泉说,“你的店要是挨着它们,火车怎么提速也不会受影响!那些洗完了要完了的主儿,总要吃点儿食儿吧?”

男人们哈哈大笑着,云娘在笑声中睁开眼睛,打了个呵欠,说:“好不容易眯着了,又让你们吵醒了。你们这些可怜的男人啊,非得在外面没女人管着,才笑得出来!”

三个男人连忙起身,给云娘敬酒。云娘努着下巴,摇着头说:“顺吉不出来,喝酒没意思啊。”

刘泉说:“顺吉在里屋换衣裳呢,就出来。”说完,他扯着脖子喊,“顺吉,快点儿,云娘叫你了!”

顺吉穿着一件鹿皮长袍,羞答答地出来了。这件袍子前后开衩,袍边和袖口镶有黑皮云字花边,衣襟的一溜儿纽扣是用鹿骨打磨成的，亮如晨星。与袖口相配的黑色腰带，松松地束在腰际，宛如白夜时的地平线，虽然分开了天与地，但上下却是通体的光明。这件飘逸的长袍，在夜晚的灯光下，显得是那么的柔美，顺吉好像脱胎换骨了，美若天仙。

“呀，顺吉，今儿外面没月亮，我在屋里却见着了！”云娘畅快地喝了一口酒，侧过身，得意地说，“老齐老刘，能把顺吉打扮成月亮模样的，也只有我云娘吧？”

“这是您给做的？”老齐问。

“那是我年轻时的手艺啊。”云娘骄傲地说。

刘泉噘了一下嘴，说顺吉：“不年不节的，怎么穿上这个了？一会儿来了客人，我看你怎么端茶上菜？”

“云娘来了，嘎乌一会儿也该来了。”顺吉说，“他们都好了，就是节日啊。”

“今儿还是腊八，该穿得漂亮些！”老刘对刘泉说，“咱老刘家的男人别那么没出息啊，一会儿来了客人，你自己招待，不就掂个马勺拿个碗筷什么的吗，让顺吉好好歇歇，美美！”

“今儿来的，都是喝粥的。”顺吉说，“粥还剩半锅呢，现成的，来了客，盛上就是了！”

“我看你穿上皮袍，就是因为老刘老齐都来了。”刘泉酸溜溜地说，“女人嘛，不管多大岁数了，都爱在男人面前浪。”

这个“浪”字，因为与顺吉的脾性太不相符了，大家全被刘泉逗笑了。

先前云娘有些沉郁，顺吉穿上皮袍子后，她变得快活起来了。她起身，端起面前的酒菜，跟大家坐在了一起。于是，老齐他们争先恐后地给云娘敬酒，云娘是来者不拒，每盅酒都干得一滴不剩。顺吉怕云娘喝多了，帮着她喝，结果自己也跟着喝兴奋了，伸出酒盅，一个劲儿地让人给她添酒，气得刘泉直瞪眼。顺吉没喝酒前，只是两个颧骨红着，喝多以后，整张脸都红了，云娘指着顺吉的脸说："刚才是月亮，这么一会儿就变成红灯笼了！"老刘听了，便拍着老齐的肩膀说："这回我不用去找灯笼了，这不在顺吉脸上挂着嘛！"老齐笑得前仰后合，说过年都没有这么高兴过，这顿饭请得真是值!

十几盅酒落肚，顺吉离座跳舞去了。她仰着脖子说不是她想跳，而是身上的皮袍子鼓捣她跳。她年轻的时候在山里，在夜晚的营地，围着篝火，无数次地穿着皮袍跳舞。她跳舞时，常有夜鸟飞落到营地的撮罗子上。

顺吉虽然腿有些瘸，但她的舞姿仍是轻盈的。当刘泉看着她一手抃腰，另一只手高举过顶，晃着头，缓缓旋转的时候，气恼地说："野猪怎么不把你的腿咬断呢！"他觉得顺吉真是丢人现眼。

顺吉边舞边唱着鄂伦春族萨满在春祭时唱的神歌：

我用四平头的鹿茸做我的梯子，
登上天空进入我的神位，
我要用双手向人间撒满金子，
用双手向人间撒满银子，
用双手把成群的鹿赶到主人身边，
用双手把成群的紫貂送到主人手中，

让我的主人得到春天般的温暖、幸福。

顺吉的歌声刚落,云娘的就起来了,她拍着巴掌,动情地唱道:

动物神啊,
你要爱护我们。
碰到女人和儿童,
不要咬伤他们,
碰到老年人要可怜他们。
动物神啊,
我要让四月的暖阳亲你的脑门,
让五月的花香摸你的鼻子,
让六月的小鸟梳理你的羽毛,
让七月的彩云当你的手帕,
让八月的河水做你的镜子,
让九月的彩虹为你做向导,
引导你来到天堂。
动物神啊,
你千万不要伤害我们啊,
伤害了我们,
你就成不了仙啦。

云娘的歌声与顺吉的是不一样的,顺吉的歌声高亢清亮,如一片雪白的云飘过；云娘的低沉柔美，像弥漫在森林的晚雾。就连不快的刘泉，也被歌声感染了，他像老齐老刘一样，为她们的歌声喝彩。就在顺吉想接着云娘，开始唱另一首歌的时候，客店的门“砰”的一声被踢开了，一个二十多岁的毛头小伙子闯进来。他胖墩墩的，一身酒气，团脸，小眼睛，蒜头鼻子，头发鬈曲着，像绵羊。在场的人没有不认识他的，他就是布基兰镇政府办公室的费主任。他虽然年轻，但很忌讳别人叫他“小费”，大家便唤他费主任。他一进来，就像警犬一样凑到客人的桌子前，把盘盘碟碟里的东西仔细打量一番，然后怒气冲天地指着顺吉说：“总说打的猎物不够数，你自己看看，盘子里跟榨菜炒在一起的是不是飞龙？粥里面的肉是不是狍子肉？那碟肉干是不是野兔肉？你得知道，你打的猎是为谁服务的！孙镇长说了，过了小年，就得用这些野物了，你怎么还敢把它们做给别人吃！”

老刘不高兴了，他蹾了一下酒盅，说：“姓费的，说话注意点儿，这屋里的，哪个不是你叔叔和婶婶？再说了，法律规定了吗，这东西只能你们吃？”

小费扫了一眼老刘，语气稍稍和缓了一些，说：“我也没办法，刚才陪上面来的领导吃饭，孙镇长把我叫出去，一顿臭损！说我弄个猎物都这么费劲，干脆看门得了！”

“我看行。”老刘说，“不是说看门的因为丢了一盏灯笼被辞退了吗，刚好闲着个位置！”

“腊月二十，我来收猎物！”小费倒没计较老刘的话，他挥着胳膊下着最后通牒。

“能不能宽限几天啊？”刘泉可怜巴巴地说，“你婶子这次进山，让野猪咬了一口,估摸着这周是进不了山了。这野物年三十前凑够数不就行吗?”

“你们懂什么?年礼都得提前送!”小费看了一眼顺吉,说,“布基兰就你手里有猎枪,你跟着沾了多少光心里清楚!要是完不成任务,自己掂量掂量手中的枪,还能不能攥在你手里!”

顺吉一开始还低眉顺眼地听着,小费最后那句话,把她激怒了。她吆喝着:“小东西,你等着,我有东西给你!”说着,进了灶房。等她出来时,肩头扛着一杆长筒猎枪。小费以为顺吉喝多了,要拿猎枪对付他,吓得面如土色,一个劲儿地后退,哆哆嗦嗦地说:“这是干什么?干什么?大婶您可别乱来啊,派出所的人可是在这儿呢。”

顺吉把那杆沉甸甸的猎枪掷到小费脚下,说:“收走吧,收走我也就自由了,不打猎我照样可以进山!”

刘泉急了,他扯着顺吉的袍襟,小声说:“谭谭,喝糊涂了吧——”顺吉姓谭,刘泉有求于老婆时,才叫她“谭谭”。

“我可从来没有像现在这么清醒过!”顺吉说,“我谭顺吉再也不让你们当枪使了!”

“大婶,您消消气。”小费抹着额头的汗,吁了一口气说,“猎枪我可不能收走。”

“你不收是不是?啊,想把它放在我这儿,让我继续当奴才啊?美得你们!”只见顺吉冲到小费面前,捡起地上的猎枪,忍痛支起伤腿,将枪横在腿上,两手抓住它的两端,“嗨——”地大叫一声,猛一发力,这杆枪立刻就断为两截。顺吉哈哈大笑着,忘情地原地旋转了一圈,说:“啊,我从来没有这么痛快过,齐司令,刘警官,你们给我倒酒啊，这杆枪，现在成了烧火棍了！”她趔趄着走到云娘面前，扑到她怀里，说，“云娘，您想吃什么，我马上用这枪烧火，给您做去！”

小费一副欲哭无泪的表情，呆呆地看着断魂枪，转身出了客店。

云娘推开顺吉，说：“别赖在我身上，用这烧火棍炒盘狍子肝吧，我刚才在灶上见着了，正好这些日子我眼涩。记着，嫩着炒啊。”

顺吉俯身，把残枪抱在怀里，满面哀伤地跟它贴了贴脸，去灶房了。客店陷入沉寂，只有电灯射出的乳黄的光影，在屋子里无声地舞蹈着。不久，灶房里传来炒菜的声音，在这声音中，夹杂着顺吉低低的哭声。老刘拍着刘泉的肩膀，轻声说：“进去劝劝顺吉吧。”

“妈的，顺吉就不能穿这件袍子！”刘泉苦着脸说，“每回穿都野得不知姓啥了。我这客店，算是完了。”他唉声叹气的。

云娘嘟囔一句：“男人叹气是会折寿的。”踉跄着回到火炉旁的桌子前，抖抖地坐下，又打盹儿了。

刘泉点起一棵烟，摇着头去灶房了。

老齐老刘面面相觑着，都有些兴味索然。

老齐说：“没帮你联系成紧急停车的事儿，本想约你来散散心的，谁想到会这样？这腊八节过的！”

“这有什么？我看是好事儿！顺吉以后就不用受他们摆布了。咱不吃这野味，嘴里也不觉得缺什么。”老刘说，“老齐，你心里可有个数啊，我听说，这个姓费的小子正追求你家小眉呢。有人看见，他们一起下过馆子。你家小眉当着老师，工作好，模样也不错，还是找个本分人可靠啊。”

“真的？”老齐火了，“我家养着猫和狗，还有鹅和猪，虽说没有绵羊,可也不能让小眉把这个卷毛货牵进家来!”老齐抓过老刘的手机,立马给女儿打电话。电话接通后,大概齐小眉问了句“你是谁?”只见老齐脸红脖子粗地吼叫着:“我是谁?我是你老子!你可听清楚了,你要是敢把那个姓费的领进家,我就先用剃头推子把他的卷毛推光,然后再把他扔进猪圈里!他是头蠢猪,该和猪合群,知道吗!”老齐挂断电话后,用手揉搓着脖子上勃勃跳动的青筋,连连说:“我的血管要崩了!”

老刘说:“咱光顾着喝酒,腊八粥忘了喝,快凉了。正好胃里有火,喝点儿凉粥败败火吧。”说完,捧起粥碗,嗞溜嗞溜地喝了起来。老齐见老刘喝得香,也捧起来,风卷残云般地把那碗粥一扫而光,他赞叹道:“野味做的肉粥就是不一样啊,以后恐怕是喝不到这么香的粥了。”语气中竟有了一种伤感。

老刘正想接着老齐的话说点儿什么,客店的门“嘎吱”怪叫了一声,门犹犹豫豫地开了,先溜进来的是一团毛茸茸的寒气,它像一条白狗,摇头摆尾地进来了。跟着,一个面色苍白,穿大头鞋,戴着狗皮帽子的高个子男人缩着脖子进来了。他进来后发现老刘,愣在了那里。

老刘说:“后半夜得上火车,你怎么不在家收拾收拾东西,休息休息?”

老齐明白,这个人就是那个叫刘志的贼了。

刘志戴着笨拙的棉手闷子,土黄色的,这种手套厚实肥大,是过去发放给林业工人的劳保用品。他用左手摘掉帽子,把它擎在手中,东张西望着,似乎在寻什么人。他的额头汗涔涔的,看来刚才走得急。当他发现角落里的云娘时，暗淡的眼睛蓦然一亮，热切地唤了声：“云娘——”

“你认识云娘？”老刘问。

刘志摇了摇头。

“那你怎么知道是她？”

“邻居跟我说，云娘要是不在滴拉恰山下的木屋，就在火车站旁的顺吉客店。只要看见一个穿黑衣服，包紫头巾的老人，一定是她。”刘志说，“我刚才去木屋了，没人，才奔这儿来的。”

“你没挨着狗咬？”老齐说，“你听说了云娘，也该听说嘎乌吧？它看家，生人休想进去！”

刘志说：“我看屋里有亮，敲了敲门，没人答应，就推门进去了，结果踩到一条狗上！它一动不动，哼也不哼一声，我以为它没气了，低头一摸，身上还是热乎的。这样的狗，怎么可能咬人。我看它老得不行了，都爬不起来了。”

“那它今晚是不会接云娘回去的了。”老齐喝了一口酒，叹息着说，“我还怪想嘎乌的呢。”

三个男人说话的时候，云娘仍然打着盹儿。老刘对刘志说：“你找云娘，是为了手指吧？”

刘志并拢双腿，努力直了直腰，毕恭毕敬地说：“是啊。我又问了闵医生，他说我这手指，就是到了哈尔滨，也不大可能保得下来。他说我非要手指的话，可以考虑把脚趾切下一两个，移植到手上。你说那不是拆了东墙补西墙吗？我想要是手指真的没救了，今晚就不上哈尔滨了！正愁得没主意，邻居来看我，他是个鞋匠，来布基兰七年了，他告诉我，布基兰有位神仙，鄂伦春人，叫云娘，能呼风唤雨，他说云娘兴许能帮我接上骨。”

“你这个人也是，瞎逞能什么？害得刘警官里里外外不是人，还得帮你筹钱看病，我呢，也得帮你联系快车在这个小站停靠，结果腊八节的，碰了一鼻子灰，让人扫兴！”老齐气恼地说，“你这个人真是死心眼，为啥一连剁掉三根手指？你剁掉一个，表表心意不就行了？一只手缺一根手指没什么，缺三根，那可就是房子少了好几根柱子，会塌啊。”

“我想一只手有了大拇指和小拇指，等于有了顶梁柱，够用了。再说中间的三根手指挨着，一块儿剁了顺手。”刘志皱着眉说。

“你这人真是木啊，怪不得老婆跟人跑了！”老齐说，“肝和胆连在一起，医生要是做胆囊摘除手术，也得连带着把肝给切了是不是？”

刘志低下头，满面尴尬，无言以对。

顺吉红着眼圈，端着一盘炒狍子肝从灶房出来了。她大概听见了他们的谈话，因而看待刘志的眼神满怀同情和怜悯。她把盘子轻轻放在云娘面前，沙哑地问：“要酒吗？”云娘用手指叩了一下桌子，表示同意，顺吉便把云娘挪到老齐他们桌上的酒菜又端了回来。

云娘睁开眼，先是把手凑近火炉，烤了烤火，然后才拿起筷子，品尝狍子肝。她只吃了一块，便放下筷子，说：“咸了，可惜了啊。”

“我跟平时放的盐一样多啊。”顺吉说，“您好几个月不来了，是不是变得口轻了？”

“你放了两道盐啊。”云娘端起酒盅，将残酒一饮而尽。

顺吉急切地辩解着："云娘，我记得清清楚楚的，就放了一回盐啊。"

"这两道盐，一道是从盐罐子里舀出来的，一道是从你眼睛里流出来的啊。"云娘说。

顺吉这才明白，云娘是说她把眼泪流到菜里去了。

老刘起身，把刘志介绍给云娘，说："这就是我跟您说的那个断了手指的人，专门上这儿求您来了——"

云娘抬眼看了看刘志，平静地指了指身旁的椅子，示意他坐过来。大家以为刘志落座后云娘会让他伸出受伤的手，帮他看一看，谁知她慢条斯理地对顺吉说："他一天没吃东西了，给他盛碗腊八粥吧。"

顺吉去了灶房，很快端上一碗粥来。

刘志低头看了看粥，抽了抽鼻子，伸出左手，拈起雪白的粥勺，呼啦呼啦喝起来。他喝粥的时候，右肩一直颤抖着，看来伤指痛得不轻，扯动着整条胳膊都跟着痛。

刘志喝完粥，伸出舌头，舔了舔嘴唇。他的舌头好像笤帚，把附着在唇上的粥汁打扫得干干净净的。顺吉见状，端起空碗，准备给他添粥去。刘志抬起头对顺吉说："我吃好了，多少钱？"

顺吉说："腊八节，不收你的钱，再喝一碗吧。"

刘志摇了摇头，说："不饿就行了，习惯了。"

顺吉便把空碗又放回桌上。

刘志突然起身，"扑通"一声跪在云娘面前，还没容他说出乞求的话，刘泉一手拎着酒瓶，一手提着桦皮帽子，哼着小曲，从灶房晃荡出来了。他见地上跪着个人，便顺手将桦皮帽子扣到刘志头上，拍着他的肩膀，说："兄弟，别难过，一群小鸟在你头上飞呢！头上有了鸟，你就是天空了！一个男人是天空了，还有什么可怕的？快快起来喝酒、跳舞吧！"说着，抓着刘志的胳膊，将他拉起来。

他的话，让这个揪心的时刻，忽然间变得欢快起来。老齐嘿嘿笑了，老刘也抿着嘴乐了。顺吉和云娘虽然没笑，但她们相互望了一眼，眼里也漾着笑意。

刘泉喝醉了，他把酒瓶响亮地蹾在桌上，像鸟儿一样张开双臂，一手搂着老齐，一手搂着老刘，问顺吉："说个真话，我们仨，哪个最中你意？"

顺吉用手指弹了弹皮袍袖边的黑皮云字纹，说："你们都是好人，好人都中我的意！"

"啊，这话我听了高兴！我喝完酒，就去磨刀——"刘泉撒开老刘和老齐，跳着脚，说："老子要进山宰了那头咬了顺吉的野猪！妈的，老子都不舍得咬，它敢下嘴！"他大声嚷着："老齐老刘，明晚你们一定要来，我请你们吃野猪肉！"老齐老刘赶紧说："好，好。"刘泉笑了，又晃到云娘面前，说："您带上嘎乌也来，我把新鲜的心肝都留给你们吃。"云娘说："那敢情好。"刘泉笑得更欢了，他走到呆立着的刘志跟前，指着他的大头鞋说："我要用它的皮，给你做双轻便的靴子，你把这双鞋撇到火炉烧了吧，如今谁还穿这个？"刘志茫然地看着刘泉，张了张嘴，没说什么。刘泉急了，他敛起笑，梗着脖子冲刘志嚷："给你换好鞋，你还不乐意？"刘志连忙点了点头。刘泉顺心顺意了，他最后拍着自己的胸脯说："我还要用它的毛，给客店做上十几把硬毛刷子，刷锅！”

刘泉说完，摇晃了几下，终于不胜酒力，软绵绵地倒在地上。他两手伏地的一刻，嘟囔道：“我这不成了嘎乌了吗？”话音刚落，便打起了呼噜。那一声声呼噜，就像一个个句号，宣告着这个腊八夜，他是局外人了。老刘老齐有些扫兴，起身抬起刘泉，把他弄到床上。

刘志把桦皮帽子摘下来，放到桌子上，心犹不甘地坐回云娘身边，可是云娘并不看他一眼，而是把帽子当作转经筒，一边转着圈，一边低声唱着歌：

我在今夜，
请来至爱的神灵。
让河神洗去我们的罪恶，
让花神除去我们的污秽，
让爱神把我们的忧愁化成烟，
让火神把我们的烦恼烧成灰！
我们不哭，
人间的眼泪，只应该挂在出水的鱼鳃上，
浸在清晨的鹿蹄窝里。

唱完歌，云娘咳嗽了几声，偏过头，问老齐老刘：“几点了？”

“八点多了。”老齐说。

“该来了。”云娘说。

“云娘是说嘎乌吗？”老刘问。

“该来了。”云娘只是重复着这句话，并不回答。

“嘎乌要是不来，我和齐司令送您回去！”老刘说，“您别担心！”

客店的门，在这个腊八夜，又一次开了。这回它是被轻轻推开的，不像小费开门那么粗暴，也不像刘志开门那么拖沓。它开得不疾不徐，温温存存，就连跟进屋来的寒气，也一派仙女的姿态，袅袅婷婷的。

来人一男一女，五十上下的样子，身上挂着雪。男人比女人略矮一些，清瘦，小眼睛，塌鼻子，泛白了的八字胡，面色黧黑，戴灰毡帽，穿深棕色对襟棉袄，斜挎一个帆布包，手提一只及膝的水桶。女的稍胖，鹅蛋脸，大眼睛，敦厚的嘴唇，扎一条红绿格子相间的三角围巾，穿一件簇新的印有百子图的软缎蓝棉袄，肩上背着一个蓝色旅行包，手上还拎着个三角布兜。他们进门后，没有往深里走，而是站在门口，放下手中的东西，拍打着身上的雪花，又跺了跺脚，把沾在鞋上的雪抖掉，这才提起大包小裹，把它们归置到墙角，找了张闲桌坐下来。

“下雪了。”老齐对老刘说，“也不知下得大不大。”

“不大。”那个男人摘下毡帽，笑了笑，说，“小清雪。”

他这一张嘴，可以看见他缺了一颗门牙。有的人缺了门牙，看上去很老相，而有的则显得天真。他属于后者。

“你们从哪儿来啊？”顺吉一边问，一边送上热茶。

“佛爷岭。”女人摘下围巾，抖了抖，把它围回脖子上，说，“这屋子烧得怪暖和的，这一路，我的脚都要冻麻了。”说完，坐在椅子上，跷起脚来。豁牙男人赶紧蹲下来，帮女人把棉鞋脱掉，说：“缓一缓就好了。”

女人的脚又肥又大，穿着红袜子。她弓着腿，两只脚相互搓着，打量着客店，对男人说：“收拾得真是干净，怪不得咱家海龙说这儿跟家里一样舒服呢。”

从她的话中，人们明白这是一对老夫妻。

从佛爷岭到布基兰，六十多公里的路途。发往那里的客车，旺季时一天两趟，淡季时隔天一趟。那儿住着七八十户人家，大多以烧炭为生。

“才下客车？”顺吉问。

女人说：“可不，一个多小时的路，走了两个来点。路滑，不敢快开。还有，走到半道，车坏了，修了好半天。一路上我的心一直提溜着，怕耽搁的时间长了，再赶不上火车。”

“你在这里先暖和着，我去票房子把车票买了。”男人说。

这一带的人，习惯把火车站的售票厅叫“票房子”。

女人说：“赶趟，还有两个来点呢，你也暖和暖和，要俩菜，喝上口酒，舒坦舒坦筋骨！”

“你们这是去哪儿啊？”老齐问。

“去山东。”男人说，“我们坐十点多钟的快车到哈尔滨，从那儿倒车，到烟台，再从烟台坐汽车到威海。”

“去这么远的地方啊。”老齐说，“晚上十点多的那趟快车现在提速了，九点多就到布基兰了。不过它现在不在这儿停了，你得坐后半夜去齐齐哈尔的慢车了。”

“什么？那趟车不在布基兰站了？”男人抹了一把胡子。霜雪融化后，他的胡子湿漉漉的。

“是啊。这趟快车提速后，沿途有好几个四等小站都不停了。”老齐说。

“怪不得车坏在半道时，司机告诉我别着急，说是火车改点了，我还以为他瞎说呢。”女人对男人说，“咱多少年不出一回门，哪知道啊。”

“这可怎么好。”男人急得团团转，说，“我只知道从哈尔滨怎么去山东，到齐齐哈尔怎么个走法？”

老齐有个习惯，闲暇的时候，喜欢翻看中国地图册和各地的旅客列车时刻表。地图是永恒的，而列车时刻表就像孙悟空，说变就变。所以每隔一段时间，老齐就得更新自己的记忆。不过，不管它们怎么变，省内几个大站的列车换乘时刻，他都了如指掌。

老齐说：“齐齐哈尔有两趟发往北京的火车，你们可以从那儿先到北京，再从北京到烟台，之后到威海；要不然呢，就换乘齐齐哈尔到大连的火车，再从大连乘轮船到威海。只是呢，从栖林到齐齐哈尔的慢车运行时间长，再加上这趟车晚点个一两个小时是家常便饭，所以到了那儿可能天就黑了，其中两趟下午发的车，你们要赶上，挺悬！另一趟去北京的倒稳妥，后半夜的，那样的话，你们得在齐齐哈尔等上八九个小时。”

这突如其来的消息让男人泄了气，他腿软了，一屁股跌坐在椅子上，失神地说：“火车怎么会不停了呢？我一会儿上站，求车站的人帮个忙，能不能让它站上一分钟呢？哪怕咱给俩钱也行啊。要是坐慢车走，得晚上半天到一天，折腾到威海，就来不及了。”

“他就是火车站的！”老刘指着老齐对那人说，“今天还有重病号要转院到哈尔滨呢，为了这，联系了一下晌，想让快车停上一分钟，没成啊！”

顺吉劝慰道：“火车哪能像汽车，说停就停呢。我看你们也累了，就在店里多待几个点儿，歇歇脚吧。我给你们端两碗腊八粥来。”

“那我们就赶不上儿子的婚礼了——”女人的眼泪哗哗流了下来，她对男人说，“这可怎么好啊。”

“别哭啊——”男人柔声说，“儿子结婚是喜事。”

“噢，原来是为了赶儿子的婚礼啊。”老齐吁了一口气，问，“哪天？”

“腊月十一。”女人说，“俺们都算计好了，初十晚上到威海，第二天早晨就给儿子办婚事。”

“怎么选个单日子结婚？”老刘瞟了一眼西墙上挂着的月份牌，伸出手指推算了一下，说，“腊月十二多好啊，是礼拜天，日历牌上的日子还是红色的！再说了，这一天阳历阴历都是双，吉利！”

“俺们就定的这天，非这天不可！”男人仍旧在地上转着圈，说，“看看还有没有别的门道？”

“既然这么急，该把时间打算得宽绰的，早两天走啊。”老刘说。

“今早晨才物色好新娘子，这才赶着去的。”男人解释说。

老刘说：“哦，现在的小青年，谈恋爱喜欢一见钟情，结婚呢，爱来个闪电式的！”

“是不是要抱孙子了，才这么忙三迭四的？”老齐开起了玩笑。

男人女人对望了一眼，没说什么。老齐以为触到他们的难处了，连忙岔开话题，说："要不是前几天那场大雪，布基兰到高桥的路没封，你们可以雇台车到高桥，再搭快车。"

"高桥那儿下那么大的雪干啥呀？"女人说，"俺们那儿也下雪，没有那么大，路还能走啊。"

"我想到了一个快招儿，不过你们得在钱上破费了。"老齐说。

"怎么走？"男人不再转圈了，他急切地问老齐。

"慢车到了齐齐哈尔后，你们坐直达哈尔滨的汽车，一天好几趟呢。到了哈尔滨，直奔飞机场。哈尔滨到烟台和威海，虽然不是每天都有航班，但能保证每天至少有一班不是去威海，就是去烟台的。那样的话，你就等于给自己安上了翅膀，肯定能在腊月初十到。"

"那得多少钱啊？"女人说，"虽说是穷家富路，俺们多带了点儿钱，可是买飞机票，怕是折腾不起啊。"

"我在电视上看新闻了，进了腊月，飞机票打折的少了，差不离都是全价，你们俩到那儿，少说也得三千块啊！"老齐说。

"我在窑厂烧炭，起早爬半夜的，一个月才挣五百来块！三千多，是我大半年的工钱啊。"男人犹豫着。

"俺们从来没坐过飞机，不敢坐那玩意儿。它上了天，还不得跟鸟似的，想落哪儿就落哪儿啊。"女人跟老齐说完，又把头转向丈夫，"再说了，喜凤能跟着上飞机吗？"

"不光你们俩走，还有一个人啊？"老齐问。

"是啊。"女人指了指角落里的水桶。

"那是什么？"老刘问。

"喜凤啊。"女人喜滋滋地说，"你们过来瞧瞧，多俊！"

老齐老刘和顺吉凑过去，一看，水桶里竟然游着一条长约一尺、二三斤重的红鱼！它俊美的身形像细鳞鱼，圆鼓鼓的脑袋和亮晶晶的眼睛像鲤鱼，飘逸的尾巴像鲫鱼，而性感的嘴唇像重唇鱼的。不过细鳞鱼鲤鱼鲫鱼和重唇鱼，都没有这么红的，它们不是鱼尾处漫着红色，就是肚腹那儿点缀着几抹红。而这条鱼，除了鱼脊微微泛着青色，其他部位，几乎都是红色的。大家啧啧称赞着，就像看到了一场壮丽的日出，无比惊讶和感动。

老齐说："你要是带着活物，还真上不了飞机！我听说，要是动物跟着坐飞机，你得给它开个检疫证明，再办理货物托运手续，最后呢，还得给它交一笔费用，麻烦着呢。"

"喜凤不能上飞机，那咱就更不能坐了！"女人抹着眼泪对男人说，"她不去，海龙的婚怎么结啊。"

"这鱼怎么叫着个姑娘的名字？"老齐问。

"俺儿子叫海龙，她是他的新娘，就得叫喜凤啊。龙凤配嘛。"女人说完，从三角布兜中取出个馒头，掰了一角，搓成粒，撒到桶里。银白的馒头渣四散开来，漂浮在水面，宛如荡漾的星光。红鱼耸着身子，游上来，撮起嘴，一颗一颗地摘着星星。

大家呆立在那儿，看着那对男女，有点儿害怕，以为撞见了鬼。

男人大约觉出客店的气氛有些凝重，他解释说："腊月十一是我儿子海龙一周年的祭日，我们想在这一天给他操办个婚礼。"他停顿了一刻，长长叹了口气，说，"是阴婚。"

大家这才松了一口气。

"他二十二岁从海里走的，对吧？"云娘突然问。

“是啊。”女人湿着眼睛看着云娘，说，“您怎么知道他二十二啊？”

云娘说：“为了救一个女人？”

“是啊——”女人的眼泪扑簌簌落下来，“去年这个时候，他救起一个捞海螺的女人，可他自己却被大浪卷走了，再没有回来。”

“他在威海做什么？”老刘同情地问。

“当兵。”男人从裤兜里摸出一条灰格子手帕，帮女人擦着眼泪，说，“要是不出事，今年就复员了。”

“看来他的骨灰没落葬佛爷岭？”老齐小心翼翼地问。

“他失踪后，部队派出三艘船，打捞了三天三夜，也没见着尸首。”男人说，“我估摸着龙王爷把他给拽进龙宫了！”

他的话，引人发笑，可又让人笑不起来。

“孩子出事后，你们没去威海？”老刘问。

“部队上给他开追悼会时，邀请我们去，说是给报销往返路费，可咱一想，去了也见不着儿子的面，只能看着空落落的海，这不是糟蹋人家的钱吗，就没去。”男人说。

“他们也没给俩钱？”老齐说，“如今见义勇为牺牲的，都有奖金。”

“给了，五千块。”女人说，“去年春节就给汇来了。”

“五千，太少了！”老齐慨叹道，“一条人命啊。”

“那个被救起的女人也没对你们表示表示？”老刘问。

“那女人四十来岁，离婚了，没工作，带着个有癫痫病的孩子，日子过得挺紧巴。”男人说，“就是这样，她还汇来一万块钱，可咱一听她家的情况，揪心啊，把钱给她退回去了。”

“钱退回去后，她给俺们邮来一大包海货：虾米、海蛏子、海螺肉、黄花鱼干、海带，这个俺们收下了。”女人说。

“我明白了，你们这是提着红鱼给儿子结‘鱼婚’啊。”老齐说，“我也是五十多岁的人了，长这么大，头回见这么鲜亮的鱼儿，哪儿打的？”

男人见女人不再落泪了，便把手帕揣回裤兜。他清了清嗓子，说：“今早晨，太阳刚冒红，我还睡着，老婆就把我推醒，说是梦见大海里有一条鱼，像小船那么大——”

女人抢过话说：“那鱼有七八尺长吧，闪着银光，在湛蓝的海里，扑腾扑腾地游着。我正看得带劲儿，冷不丁的，那条大鱼像龙一样飞起来，它跳起来的时候，嘴里吐出一条红线，这红线越飘越长，翻山越岭的，一眨眼的工夫，落在了佛爷岭下的托哈特河。我醒来后，一想儿子是海里走的，那条大鱼，肯定是他化成的。他念着这儿的山水，所以吐出一条红线，让它飞到这儿，给他找这儿的媳妇啊。我赶紧把俺男人推醒，让他快去托哈特河溜网。”

男人见大家把热切的目光都放在他身上，明白人们想尽快知道他是怎么在托哈特河打到了这条红鱼的，赶紧接过老婆的话，说：“快过年了，我想弄点儿年货，进了腊月，就在托哈特河上凿了口冰眼，下了两片网，每天早晨都去遛遛网，看逮着鱼没有。说实在的，每年我下网，总能挂上鱼来，可今年却怪了，我是回回遛网，回回落空，一个多礼拜了，连条小鱼都没逮着。我正想撤了网，挪个窝子呢。今早晨，老婆跟我说了梦后，俺俩一起去溜网。提第一片网时，我就知道是空的，因为轻飘飘的；再提一片，还是那样，网上什么都没有。我正要埋怨老婆瞎做梦呢，只听冰眼里‘扑通扑通’地响了几下，跟着，一条红鱼‘噌——’地一下，从冰眼里窜出来，跳到冰面上。它见了我们，先是有些害羞，趴在冰面上缩着身子，尾巴也不摇一下，可是我老婆用手指碰了碰它的嘴唇后，它就像认了人似的，摇头摆尾地连跳了几下。咱这下明白了，海龙忘不了托哈特河，这条红鱼是为他来的呀。我和孩子他妈一算计，腊月十一，海龙正好走了一周年了，看来他是想在这一天成亲啊。孩子有了归宿，找到了他喜欢的，咱心里也有了着落了。要不然，晚上老是做噩梦，梦见他在海里漂，总也上不了岸，怪难受的。”

女人说：“以后再在电视上看见海，就不会像这一年似的，跟见了坟似的难受，咱会想那是孩子的家，乐意多瞅上几眼呢。”

顺吉说：“你们是想着初十赶到威海，腊月十一早晨，带着喜凤去海边跟海龙结婚？”

男人点了点头，叹息了一声：“谁想到快车不在这儿站了呢。以前海龙回来，净坐这趟车了。”

“咱先别往坏处想，兴许这次坐的慢车不晚点，到了齐齐哈尔，能痛痛快快换上去北京的车呢。到了北京咱也赶点，能顺利到威海。”女人宽慰着男人，也宽慰着自己，蹲下身子，拉开帆布包，颤抖着手，捧出一把花花绿绿的糖球，说，“来来，这是海龙和喜凤的喜糖，大家都尝一颗。”

老齐首先忍不住，用手连拍了两下桌子，顿着头哭了。老齐一哭，老刘的眼泪也下来了，他召唤顺吉，说：“灶上还有什么好菜，都给我做了！今儿我给海龙和喜凤摆喜宴！”

大家看着女人手上的喜糖，谁也没拿一颗。只有刘志，突然起身，大踏步地走到女人跟前，哆嗦着左手，泪流满面地捏出一颗，含进嘴里。刘志咂摸着糖，朝灶房走去。很快，人们听见那儿传来“咔嚓——”一声响，老刘最先反应过来，他“哎哟”了一声，率先冲进灶房，老齐也明白过来，跟了过去。只见刘志颤抖着，正用左手，把砍掉的三根手指，当作柴，扔进炉灶。

“你这么做，对得起帮你的这些人吗！”老刘吼道。

刘志的断指处滴着血，他哆嗦着，说：“让你们为这三根手指操心，我愧得慌啊。把它们彻底剁了烧了，也就不闹心了。”

“快上医院把手包上吧！”老齐说，“要是伤口感染了，那只手废了，我看谁管你儿子！”

“我的嘴里有喜糖，不用上医院了。”刘志颤着声说，“我想在这儿吃海龙和喜凤的喜酒。”

刘志出了灶房，老刘老齐无奈地摇摇头，也跟着出来了。

刘志坐下后，顺吉取来药箱，用晒干的止血草，为他包扎了伤口。佛爷岭来的那对夫妇，听说客人剁掉了手指，大惊失色，他们不安地说：“我们说错了什么吗——”

没人回答他们，大家都沉默着。可喜凤不沉默，它在水桶里快活地游着，尾巴时不时扫着桶壁，发出“啪嗒——啪嗒——”的声响，好像在提醒众人，她就要出阁了！

顺吉放好药箱，进了灶房，把菜刀和案板上的血迹冲刷干净，又把刘志滴到地上的血迹擦干，然后将粥放到火炉上温了温，盛了两碗，端给佛爷岭来的人，说："先喝碗腊八粥吧，回头我去弄酒菜。"

男人看了一眼碗里的粥，说："这是什么肉啊？"

顺吉说："狍子肉。"

女人说："有没有白米粥？俺们不吃用野物肉做的粥。"

"你们吃素？"顺吉问。

男人摇摇头，说："猪肉牛肉都吃，就是不吃山上野物的肉。"

女人对男人说："海龙喜凤要在水里安家了，往后鱼咱也不能吃了。"

男人连连说："那是那是。"

顺吉惆怅地说："喝一碗吧，我这客店，往后就没有这样的粥了。"

"你们吃吧。"男人推开粥碗，说，"俺们真的不能吃。"

老齐说："猪肉牛肉你们都吃，这个有啥忌讳的？"

女人说："野物有灵性，救过俺公公的命，俺们不能辱没恩人啊。"

"狍子还能救人？"老齐不信地问。

"是黑小子。"女人说。

这一带的人，习惯把黑熊叫作"黑瞎子"或是"黑小子"。

"黑小子最能祸害人了——"老齐撇着嘴说，"妈的，这家伙在林子里玩儿，光是给自己打个'场子'，就得撅折一片小树，一副老爷的做派！"

"可是黑小子真的救了我爹。"男人说，"四十年前吧，我爹在佛爷岭给人看山场。开春的时候，冬眠过来的黑小子找不着吃的，饿得发昏，就来山场偷吃的。那时看山场的都有枪，我爹枪法不错，有两回撞见偷吃的黑小子，都想开枪把它打死，因为它吃一顿，赶上五个伐木工吃一天的了。可是我爹看那黑小子不大，也就两三岁的样子，挺调皮的，想着它还有好光景过，就没舍得打。这黑小子从此认得我爹，一到开春，逮不着吃的，就上山场来。有一年夏天，一个早晨，我爹突然肚子疼，恶心，他以为吃了什么不干净的东西了，也没在意。可是到了下晌，他肚子疼得越来越厉害，发起烧了，一想事情不好，赶紧下山。从山场到山下，三十来里的路。我爹走到一半，支持不住，昏倒在林子里，想着这条命算是交代了。可是到了傍黑，我们这些在山下玩耍的孩子，看见一只黑小子，猫着腰，横抱着个人，晃悠着，'嚓啦——嚓啦——'地从林子里出来。它没有进屯子，看见我们，把人扔在地上，调头走了。我不说你们也知道了，那只黑小子救了我爹。卫生所的大夫说，要是不叫黑小子发现他，把我爹弄出来，他的阑尾会穿孔，恐怕就没命了。听说黑小子抱着个人，直立着走，并不容易。它得走走歇歇，中间要把人放下不知多少回。从那儿以后，我们家就不吃野物的肉了。"

"哦哟——"老齐晃着脑袋，说，"真有这么仁义的黑小子？"

男人说："我可没编排。"他对顺吉说，"有白米粥就给我们上两碗，要是没有的话，啥现成，就吃啥。"

顺吉说："暖水瓶里有开水，倒在闷罐里，添把米，加把柴，白米开锅就烂，十来分钟就熟了，你们等着，就妥。"说着，踮着脚去灶房了。

老齐想活跃一下气氛，他拎起酒壶，唱着"三更夜，五更寒，听着北风难入眠;小新娘,穿花衣,搂进被窝是春天",挨个地斟酒,说是今晚要醉在客店,不回家了。轮到给云娘倒酒时,酒壶空了,他站在地上,跺着脚,像个负气的孩子,冲灶房大声吆喝着:"顺吉,给齐司令上酒!"

顺吉在里面答应着:"就来——"

老齐用手指弹着空酒壶,对云娘说:"您还没看红鱼呢,真是俊啊!"

"叫喜凤!"女人纠正道。

"哦,对,是喜凤!"老齐说。

云娘喝了口酒,咂了咂嘴,问佛爷岭来的女人:"托哈特河现在还是那么清亮吗?"

女人说:"是啊,这河清得跟小羊羔的眼珠似的。"

"你知道,它为啥叫'托哈特'河吗?"云娘问。

"我听说,这河的名字是鄂伦春人起的,是'小镜子'的意思。"女人说,"它也真能当镜子使啊,夏天的时候,你站在岸边,能清楚地看见穿的衣裳是什么花纹的,脸上长的痦子有多大,耳朵吊着的耳环是什么样式的。"她抖了抖衣襟,说,"要是夏天,我穿着这件喜服站在托哈特河旁,能从水里清楚地看到衣服上这些招人稀罕的小人呢。"

顺吉拎着一壶酒出来了。

云娘缓缓站了起来,努力直着腰,将左手放到心口上,颤抖着嘴唇,说:"我这辈子,最不愿意见的,就是托哈特河啊。"

云娘把埋藏在心中七十多年的隐痛说了出来。

云娘九岁的那年秋天，跟着父母在鹿蹄沟一带游猎。一天早晨，母亲领着她在林子里采蘑菇，遭遇到黑小子。黑小子大概太喜欢那片鲜美的蘑菇了，它不能容忍有人争食，于是朝她们母女扑来。云娘的母亲怕黑小子袭击女儿，便主动迎了上去。结果黑小子在她脸上连抓了几把，确认“入侵者”被重创后，会被逐出领地，这才罢手。

云娘老泪纵横地说：“妈妈的脸，原来是那么光溜，可黑小子那几巴掌，把它抓得血糊淋拉的，没法看了。那个冬天，妈妈就在撮罗子里养伤。那时我们没有镜子，她总是问爸爸和我：‘我这脸还能看吗’，我们不敢告诉她实情，骗她说只有几道疤痕，不碍事。开春的时候，我们一家到了佛爷岭，哪知道那儿竟有这么一条世上最清的河啊。妈妈站在河边，看着水中的影子，吓得直打哆嗦，说是河里有鬼，我们赶紧跑过来。结果她在她说的鬼影旁，看见了我和爸爸的脸，她明白那个鬼影原来是她自己，她叫了一声‘我哪里去了’，用手捂着脸哭了。那个夜晚，妈妈失踪了。第二天中午，我们在那条河的下游找到了妈妈的尸首。那条河原来是没有名字的，爸爸成了萨满后，把它命名为‘托哈特’河。从那以后，我和爸爸，再也没有到过那条河。”

云娘哭泣着，她的哭声是那么悲凉，裹挟着岁月的累累风尘，浸润着时光的缕缕伤痕，在场的人无不为之泪垂。

云娘踉跄着走向水桶，俯身说：“喜凤，我妈在林子里的时候，说她一生最大的心愿，就是有一天能看见大海。喜凤，我妈妈那辈子没见着海，这辈子托你的福，能跟着看海去，你可得好好带着她呀。”

喜凤忽然间变得欢腾起来，它一跃身，差点儿从桶里跳出来。在它飞起落下的瞬间，水桶上水珠四溅，分不清哪些是托哈特河的水滴，哪些又是云娘的眼泪。云娘欣喜地叫着："顺吉，瞧瞧人家喜凤的这身新衣，比你当年穿的不知要鲜亮多少倍啊！"

"我和海龙他爸还想呢，孩子的姻缘，也不知谁给结的，到哪儿去寻媒人呢？现在可算是找到了。"女人用袄袖擦着眼泪，对男人说，"还不快给恩人敬酒？"

男人激动得翘起了八字胡，那胡子看上去就像燕子的翅膀，要飞起来似的。他连连说："我敬，我敬——"

云娘喝了男人敬的酒后，颤颤巍巍地又坐回靠近火炉的小方桌前。她的眼睛似睁非睁，不知是醉了，还是疲倦了。

"你的手不疼了吧？"云娘问刘志。

"剁了它们，反倒是不疼了。"刘志一盅连着一盅地喝着酒，醉醺醺地说，"心也不乱糟了，真敞亮啊。"

"心中没了烦恼，能不敞亮吗？"云娘说完，摘下头巾，把它搭在肩头，就像驮着一片紫云似的，又打盹儿了。

九点一刻了，顺吉端上了两碗新煮的白米粥，端给佛爷岭的那对大妇。粥里的米粒晶莹剔透，莹白如玉，女人看了一眼，抽了抽鼻子，说："又好看，又香，这才叫粥啊。"她喝了一碗，不过瘾，对顺吉说，"再添一碗吧，腊八节的粥就是比平时好喝啊。"顺吉拿着空碗，刚走了两步，女人又叫住她，说，"算了，一会儿坐火车，得看东西。喝多了，老想着上厕所，麻烦。"

男人说："你喝个够吧，我一碗就中了，东西我看。"

老齐看了一下表，说："那趟慢车还得四个点儿才能到布基兰呢，三碗两碗的粥，两泡尿也就没影了，放心喝吧，腊八节喝粥，得喝个痛快啊。”

老齐的话，又让女人难过了，她眼泪汪汪地说：“快车要是在这儿站一下多好啊，那样的话，腊月初十准到威海了，也就不用提心吊胆的了。”

车站忽然传来了汽笛声，男人女人不由自主地站了起来。

老齐伸出手，向下顿了一下，示意他们坐下，说：“这是从齐齐哈尔发往栖林的货车，它到了向阳站时，会和提速的快车会车。”

“是这样啊。”男人失落地问，“那趟快车几点到？”

“再过二十来分钟吧。”老齐叹息一声，“人要是鸟就好了，从站台就飞上火车了。”

男人坐下来，心烦意乱地用勺子敲着空空的粥碗。

女人埋怨男人：“别敲碗，俺妈说敲碗的人会受穷。”

男人赶紧放下勺子，把双手放在膝上，规规矩矩地坐着。

女人说：“我得出去看看雪下得大不大。要是雪大，慢车就得成了老爷，哼哈地走，火车没完没了地晚点下去，咱可就真没指望了。”

“不是大雪和暴雪，问题就不大。”老齐宽慰道。

女人出去了两三分钟，很快袖着手，嘶嘶哈哈地缩着脖子回来了。就这么一会儿的工夫，她的颧骨冻得通红，她一边把手从袖筒中拔出来，一边说：“雪不大，不过天可真冷啊，真是要冻掉人的下巴啊。”

“越到晚上，越冷啊。”男人心疼地对女人说，“快去火炉那儿烤烤。”

女人搓着手，说：“没事儿。”然后小声问顺吉，“屋里有没有便所啊？”

顺吉指着通向客房的小走廊说：“往里走，靠右的小黄门就是。”

男人说：“我也去。”

他们去客房的当儿，老刘对顺吉说：“他们不吃野物的肉，你就掂掇几个小毛菜吧，炒个豆腐，炝个芹菜，炖个酸菜白肉，再来个醋熘土豆丝。阴婚也是婚，喜宴该摆还得摆，喜酒该喝还得喝啊。”

“该喝！”刘志大声附和着，他已经喝得面红耳赤了。

顺吉去灶房了。

男人女人解手回来，掩着嘴偷着乐。老齐问这是怎么了？女人拽了一下男人的袖子，不让他说，可男人忍不住，“嘿嘿——”笑着说：“客房里有个男人，打着打着呼噜，突然说‘来碗腊八粥’；打着打着呼噜，又说‘来盘野猪肉’，真有意思啊。”

老齐老刘也笑了。

灶房里传来了炒菜的声音，男人走到水桶旁，蹲下身子，拿出馒头，又要喂喜凤的时候，女人说：“你可别撑着她啊。”

男人把馒头收起，扶着桶沿儿，出神地看着那条悠游的红鱼。不一会儿，顺吉端着一盘炒豆腐出来了。老刘正要张罗大家凑到一个桌子来喝酒时，火车站又一次响起汽笛声。

老齐落寞地说：“快车进站了，它提速后，真是准点儿啊。”

客车过站的汽笛声，比先前货车的要嘹亮，“哞儿——哞儿——”的，悠长，丰沛，底气十足。突然，长声汽笛急转为短声，而且是连续的短声，好像一个人被噎住了，在剧烈地咳嗽。老齐“嚯——”地站了起来，冲佛爷岭的男女大声说：“快，这是紧急停车信号，带上喜凤，上站！”

大家手忙脚乱地奔向墙角，男人提起水桶，其他人则拎起包。

老齐见刘志醉得鸡啄米似的，头直往桌子上磕，便抢过老刘手中的包，指着刘志说：“你看着他吧，我和顺吉去够手了。”

就在人们拥向门口的时候，云娘忽然睁开眼，深情而悲凉地叫了一声：“我的嘎乌——”颤巍巍起身，穿上皮袄，一把扯过搭在椅背上的装神偶的鹿皮口袋，抢先出了客店。雪夜中的云娘好像忽然间变得年轻了，她走得飞快，登台阶的时候，既不气促，也没有磕绊，轻松稳健，一跃而上，率领大家，两三分钟的工夫，就到了车站。老齐打开客运室的门，人们来到站台。

布基兰的站台，每隔二十五米，竖立着一根灯柱。灯的形状像鹅颈，斜伸的灯托，吊着奶白色的球形灯盏。离灯柱较近的雪花，被映照得灿烂光华，宛如流星雨。快速列车停在了铁路与公路的交道口，距离站台大约有两百米，老齐不停地吆喝着：“快——快——”

交道口那儿人影憧憧，老齐他们到达时，事故好像已经处理完了，几个穿着蓝制服的人正准备上火车。当班的信号员王录对老齐说：“小事故，嘎乌过铁道口时，被撞死了。”

老齐顾不得嘎乌，他对火车司机说：“刚好，我这儿有两个客人急着去哈尔滨，你们捎上他们吧，票上了车再补。”

火车司机在撞嘎乌的那个瞬间，以为撞到了人，吓得腿都软了。紧急停车后发现是条老狗，这才稍稍心安一些。他当然愿意做点儿成人之美的事给自己压惊，于是就对身旁的列车长说：“车长，他们这么赶巧，你看——”

列车长吁了一口气,一挥手,说:“上吧。”

佛爷岭来的夫妇,带着喜凤,跟着列车长,从宿营车的车门,如愿地踏上了列车。当列车重新启动,缓缓地离开布基兰的站台时,老齐觉得列车上那每一个发着亮光的窗口,都是一团一团的火,它们让这个凄清的寒夜,变得温暖和明亮了。

嘎乌侧卧在站台上,似在熟睡。洒在它身上的,除了朦胧的灯影,还有像纸钱一样飞舞的雪花。云娘蹲下来,抚摩着嘎乌,轻声说:“嘎乌,云娘要背你回家了,你可听话啊。”她抖搂开鹿皮口袋,把嘎乌轻轻地装进去。那个口袋对嘎乌来说有点儿小,它进去后,头还露在袋口外,好像它还不忍别了这世上的灯影和雪花,要与它们做最后的告别。

老齐说:“云娘,我帮您把嘎乌背回去吧。”

云娘摇摇头,说:“我背得动。”

顺吉说:“今晚没月亮,我回去取个手电筒,帮您照着亮儿吧。”

云娘说:“嘎乌在我肩上,我眼里就有亮儿,再黑的夜也不怕啊。”

云娘背起嘎乌,慢慢地越过交道口,朝滴拉恰山下的木屋去了。老齐要跟着,被顺吉拉住了。她说:“云娘想一个人和嘎乌回家啊。”说完,她哭了。顺吉知道,嘎乌不在了,云娘很快也会不在了。云娘说过,她是为嘎乌活着的。

老齐蹲在铁轨旁,点起一棵烟,默默地抽着。抽完,他对顺吉说:“嘎乌病了好几个月,不知道火车提速了,还按着老点儿来接云娘,这才撞上火车的啊。”

“它要是耳朵好使就好了。”顺吉说，“听见汽笛声，就不跨铁道了。”

“嘎乌——”老齐叫了一声，哭了。

“这样有神的夜晚，以后再也不会有了！”顺吉涕泪横流，站在清冷的站台上，朝天呼喊着。

老齐和顺吉拖着沉重的腿，一步一挪地离开站台。先前为着帮佛爷岭的人赶火车，就连腿上有伤的顺吉，也是步履如飞，可现在他们往回返的时候，一丝力气都没有了。顺吉瘸得厉害，老齐也是飘摇着走，好像没了脚后跟。他们经过客运室的时候，王录提着一个网兜，追上老齐，递给他，说：“你不拿回去，明天接班时，中午吃啥？”网兜里装着老齐用来带饭的铝皮饭盒。

顺吉和老齐还没到客店，就听见一阵“哇——哇——”的呕吐声。刘志站在客店的门外吐着，老刘正为他拍着背。

“他们上了车了？”老刘问。

“嗯。”老齐说。

“一定是嘎乌——”老刘颤着声说。

“是嘎乌。”老齐沉痛地说。

刘志吐完了，大家回到客店。顺吉进去后，坐在云娘坐过的椅子上，呆呆地看着火炉，那里的火奄奄一息了。

老刘对刘志说：“我送你回家吧，你出来这么长时间了，孩子一个人在家，肯定担心坏了。”

刘志说：“是啊。”

“你打算怎么跟孩子说你的手指呢？”老刘问。

“我就说，我走在雪夜里，忽然，天上飘下来三个仙女，她们拦住我，对我说，她们是天宫中给王母娘娘吹笛子的，因为贪玩，笛子从手中落下，掉在了人间。她们要取我的三根手指，化作笛子，孝敬王母娘娘去。等有一天我去了那儿，再还。”

“哼，你还有编神话的本事！”老刘欣慰地笑了，说，“想往天上去的人，以后再也不能干傻事了。”

刘志含着泪，使劲儿点了点头，然后走到顺吉跟前，小声说：“我家豆瓣还没喝上腊八粥呢，我想给他买一碗回去，还有吗？”

顺吉说：“有啊，你不用买，今儿我请客。”

老齐把空饭盒递给顺吉，说：“就用它盛吧，我回家也没事儿，跟老刘一起送他回去。”

刘志犹豫了一下，又对顺吉说：“最好盛有狍子肉的粥，孩子长这么大，没喝过这样的粥啊。”

老刘老齐和刘志离开客店时，顺吉换下了皮袍子，去门外抱了几块柴火，说是屋子有点儿冷，要把火炉重新生起来。

老刘在左，老齐在右，刘志走在中间，他们并排朝别雅山下走去。先前老齐是提着饭盒走的，几分钟后，他意识到这样粥会凉了，连忙把它揣进怀里，用手托着。这个夜晚可供回味的事情实在是太多了，所以他们谁都没有说话，只听脚下的雪路发出“嚓啦——嚓啦——”的声响。夜越来越深，寒气也越来越浓，他们走得飞快，十五分钟后，已经到了别雅山下的土房。当他们正准备踏进刘志家漆黑的院落时，忽然，一团红光升腾起来！因为它出现得太突然，爆炸似的，大家都愣在了那里。

“那不是镇政府丢了的红灯笼吗?!”老齐惊叫着。

“就是!”老刘说。

红灯笼吊在门楣斜伸出来的一根铁角上,被寒风吹得欢天喜地的,晃着脑袋。门下,站着一个瘦弱的少年,他的脸被灯笼映得红彤彤的。显然,他刚刚把它挂出来。

豆瓣认得老刘,他见了他,哆嗦了一下,然后从门口噔噔地跑过来,咕咚一声跪在老刘面前,抱住他的腿,哀求着:“警察叔叔,别抓我!我偷了灯笼,是想让它照照我家,让我家也像它照的那个楼里的人一样,要吃有吃,要喝有喝的!”

不等老刘说什么,刘志飞起一脚,把豆瓣从老刘身边踢开。没等豆瓣站起来,刘志奋力又是一脚,直把儿子踢回到灯笼下。豆瓣趴在红光弥漫的家门前,如同卧在鲜血中一样。他低声呻吟着,就像一条中了箭的狗。

别雅山谷的父子

上部:父亲

父亲讲他给鄂伦春人放电影的故事时,母亲坐在窗前的椅子上织毛背心;弟弟将从山中捉来的野猫绑在八仙桌子的桌腿上;我呢,把一双刚刷好的白球鞋摆在炕沿,拜祖宗似的,跪在地板上,用白粉笔涂着鞋面泛黄的地方。

窗外的小黑狗如往常一样,在黄昏时刻,将觅食了一天的鸡们,一只只从院外撵回来,往鸡架赶。想必那天映在玻璃窗上的火烧云,太像一群金色的毛毛虫了,贪吃的花公鸡不肯进笼,张开翅膀扑向窗子。忠于职守的小黑狗为了逮它,跟着扑过去,结果花公鸡毫发未损地落下来了,小黑狗却磕着了头,疼得嗷嗷直叫。弟弟火冒三丈地跳下炕,埋怨母亲今年没有给大公鸡剪翅膀,它春天开始就为非作歹,跳进菜园,将菠菜和小白菜鸽得净是筛子眼;到了夏天,还飞到板障子上,顺着它跳到房顶,啄破油毡纸,他住的小屋因此漏雨,淋湿了枕头，枕头瓤子发了霉，晚上睡觉感觉是枕着一坨牛屎。

我说："大公鸡是红小兵，因为它脖子上吊着的玩意儿跟红领巾一样，谁能拦着它造反！"

弟弟瞪着我说："那你就是大公鸡的姐姐！"

我刚加入少先队，脖子也拴上了红领巾。

正当我被噎得不知如何反驳时，母亲拿起窗台的剪子递给弟弟，意思是：你自己动手剪花公鸡的翅膀呀！弟弟没有好气地说："都下霜了，鸡架就快搬回屋子，它也蹦跶不了几天了，还铰个屁！"说完，他敲了下窗子，骂小黑狗："别叫了，笨蛋！"

母亲笑了，露出一排整齐的牙。本来雪白的牙，被火烧云给映照成金牙了。

父亲讲故事，往往为着多喝两盅酒。家人吃完了，可他酒兴正浓，不想下桌，只好拿故事当糖果，甜我们的嘴，这样谁也不好意思说他了。他的故事多是讲别人的，很少涉及自己。他一讲自己，就是小时候给地主放丢了一只羊，挨了顿皮鞭。这故事把弟弟听烦了，有次抢白他："地主雇你也真倒霉，连羊都看不住！"

父亲气个倒仰，抓起笤帚疙瘩要揍他，说："连阶级都不分，同情地主，长大了还不得是恶霸！"

弟弟敏捷地闪开了，梗着脖子辩解，说他和小黑狗是一个阶级的，与大公鸡则是两个阶级的！

父亲的笤帚疙瘩够不着弟弟，或者说他故意不去够吧，他将战火转移到母亲身上，轻轻地敲了一下她的肩，说："怎么弄出这么个不开窍的儿子！"

母亲动了真气了，她夺过笤帚疙瘩，照着父亲的肩狠打了一下，回敬道："还不是你弄的！"

父亲疼得龇牙咧嘴，但他乐了，我们也乐了。

父亲讲故事，很少有迷住我们的时候，所以他更像是讲给自己听，但那天的情形却不一样。

"平时去林场和部队给汉族人放电影，我都带着徒弟，可是给鄂伦春人放电影，徒弟就不敢跟着去了，你们猜为啥？"父亲卖起了关子。

"鄂伦春人有枪呗——"我说。我曾在山间公路上，看见鄂伦春人骑马而过，马蹄扬起的尘土，迷过我的眼睛。我怕马，也怕鄂伦春人。因为马蹄像手榴弹，而鄂伦春人挎着的枪，在我眼里满腔乌云，能迸发闪电。

父亲快活地冲我眨了眨眼，算是承认我说的靠谱吧，之后他拍着八仙桌，说："在他们那里，酒比枪要吓人！"说完拿起酒壶，添了一盅酒。他倒酒的时候，母亲飞白眼，弟弟撇嘴。只有我和野猫，没有给他坏脸子。

我家的八仙桌是樟子松的，一米见方，三拃高吧，四条桌腿跟猪腿一样茁实，桌面有黑褐色的木头节子，像嵌着几颗栗子，让人老动抠出吃掉的心思。这桌子含松脂，有香气。平素它戳在墙根，饭口时才撇腿上炕。由于经年累月搬上搬下的，磕磕碰碰不断，四个桌角就像烂了嘴似的，全都有伤，好在桌面没有开裂，花纹清晰，明净光滑。

父亲用生葱蘸了下黄酱，眉飞色舞地嚼着，喝了口酒，说："给鄂伦春人放电影，徒弟跟我去过两回——喝伤了！鄂伦春人喝酒，不论碗，论囊！囊是什么造的呢？皮子！鹿皮的或是狍皮的。哪个囊不装个三五斤酒？你到了他们那儿，刚在撮罗子坐下来，一碗奶茶还没喝完呢，酒囊就扔过来了！”

我问：“什么是撮罗子？”

父亲说：“就是用松木杆搭成的小帐篷，上尖下圆，戳在林间，随时随地可以挪动。你不喜欢这儿了，就再换一个地方。”

弟弟羡慕地说：“要是咱家的房子能搬就好了！我把它挪到河边，不用闻茅楼和猪圈的臭气，做饭洗衣省得挑水，夏天下河洗澡抓鱼，冬天河上冻了，出门就能抽冰尜玩！”冰尜就是陀螺，圆形，上大下尖，有木制的，也有铁制的。若是木制的，底下便嵌着一粒铁珠。将冰尜摆在冰面上，一鞭子抽过去，它就像受了主子驱役的奴隶似的，团团转。弟弟喜欢抽冰尜。他一抽冰尜母亲就不高兴，他在寒风中玩得直淌大鼻涕，弄污袄罩，还得给他洗。

我说：“上尖下圆的撮罗子，一定像坟包！他们住在坟一样的窝里，不害怕？”

父亲说：“我这二丫头就是不如大丫头会说话！什么坟包，你就不能想点儿美的？”

父亲说的大丫头，指的是比我大六岁的姐姐，她勤劳能干，乖巧懂事，在呼玛河南岸的农场做知青。估计她割完麦子，也快回来了。农场距家五十多里地，平常她很少回来。而我这个不受待见的二丫头，刚上初中。

父亲警告我们不许插言了，好故事要是老被打断，就成了断线的珠子，美就被破坏了。他说：“徒弟第一次跟我去，鄂伦春人把他灌得人事不省，尿了裤子；第二次去，喝得他把胆汁都吐出来了。从那以后，一说给鄂伦春人放电影，他就嘴苦，吃不下饭，我只好一个人去。鄂伦春人接我，不管冬夏都骑马。别看他们的马儿个头不高，那才灵巧有劲儿呢！他们的撮罗子里，除了供奉山神‘白那恰’，还供奉着马神‘昭路布如坎’。”

弟弟性子急，他说：“别老说马，说人呀！”

父亲说：“不说马，哪有人？鄂伦春人，是跟马联系在一起的！那次接我的人叫葛列尔，外号葛一枪。为什么？他是神枪手，他打猎物，弹无虚发，一枪毙命！所以他出门时，猎枪里只搁一颗子弹，牛不牛？他那天中午接我时，自己骑匹黑马，还牵来两匹枣红马。为什么牵两匹呢？一匹给我骑，一匹驮设备，小型发电机、柴油桶、放映机、银幕袋、拷贝箱、大喇叭，放电影需要的东西都得带上。驮设备的是高头大马，威猛有力，我骑的瘦弱矮小，但温顺灵巧。葛一枪在前面开路，驮设备的马在中间，我断后。那是八月，树叶最肥的时候，林子密极了，我们一路穿山越河，碰到过好几次动物，飞龙，灰鼠，猞猁，还有野兔，葛一枪统统放过了。我还以为他嫌这是些小动物，不值得浪费那颗子弹，一问他，他说他们刚打了头犴，够吃好多天的，不能见着动物就打，那样太贪心了。鄂伦春人打猎物，集体享用，不像我们，过的是死门日子，各家顾各家！我问他不打猎时，是不是就不用带枪了？葛一枪说只要在山里，枪就不能离身，枪里得上一颗子弹，万一碰到黑熊和狼，赶上它们脾气坏，就得动家伙！真是说什么来什么，我们刚过一个河汊子，黑马突然停下来，叫了起来。原来，前方的松树林里，一头母熊领着它的两个熊仔，在一棵雷击树上玩耍呢！雷击树黑黢黢的，熊黑糊糊的，要不是黑马叫，你真发现不了它们呢。早年我来大兴安岭，就听山民讲过，林子常有黑熊出没。听说一个五人森调队勘察时，就碰到过黑熊。那时的森调队是配枪的，其中有个叫吴老憨的，自恃枪法好，枪就背在他身上。结果他一枪打过去，子弹飞了，再打，又飞了！一梭子子弹打光了，没伤黑熊一根毫毛。黑熊被激怒了，它扑过来，把吴老憨按在地上。黑熊的爪子生着毛刺，力气又大，只要它愿意，轻轻一揭，就能掀掉人的脑壳！吴老憨吓傻了，同伴们也吓傻了，谁也不敢动。黑熊最后可怜了吴老憨吧，把他扒拉到一边，捡起枪，直立着，像个战士似的，抱着枪雄赳赳地走了！它刚走十来步，就把枪给摆弄走火了！子弹扫着了它的后爪，把它气得啊，将枪摔向一块大石头，砸个稀巴烂。原先站着的几个人，吓得都瘫倒在地，以为黑熊会返身报复他们，个个吓尿了裤子！可是黑熊瘸着脚走了。吴老憨这一吓，坐下病了，看见头猪都发抖！听说他老早就病退了。我一想起吴老憨的故事，想着葛一枪只有一颗子弹，可是熊有三头，吓得浑身哆嗦，差点儿没从马上摔下来。那时我还没谈对象呢，你说一个小伙子要是连姑娘都没搂过，被黑熊一巴掌给拍死，得多冤屈呀！”

弟弟显然被故事吸引了，他回到炕上，拿本小人书乱翻着，目光却放在父亲身上。父亲说到“搂姑娘”的字眼时，他一扭头，说：“流氓！”

母亲刚好织完一股针，她举着从毛线堆脱颖而出的织衣针，朝父亲比画着，说当年黑熊要是吃掉他就好了，省得她嫁给这么个主儿，跟着他生孩子遭罪不说，还得闻他的臭脚丫子味。她埋怨父亲从

“五七”干校回来，没改造好，堕落成酒鬼了！

父亲揉了下鼻子，说：“我也恨黑熊，当初它们要是吃掉我，现在就不用遭这份洋罪了！管老婆管孩子不说，喜欢的书要烧掉，不喜欢的书得天天读，还得下放劳动，活得没滋味！”他说到不喜欢的书要天天读时，我扫了一眼书柜里孤独地站立着的红宝书，小声说：“反动！”母亲大惊失色地看了一眼窗外，确认没外人来，这才放心，嘱咐我们不许把父亲的话乱说出去，接着织毛背心了。她织得熟练，仰着头，基本不用看针。

父亲说：“葛一枪没有开枪，他回头给我使个眼色，示意我跟着他走，在马背上轻轻一拍，我的枣红马便跟着前面两匹马，从雷击树下顺顺当当地过去了。不怕你们笑话，我吓得头皮发麻，气都喘不匀了。我还记得，母熊和熊仔端坐在弯曲的树干上，一动不动，好奇地看着我们。它们有着漂亮的铜铃一样的圆耳朵，胸前有道弯曲的对号似的白杠，好像老天许可它们在人间生活，给它们打上了这样的记号。黑熊的眼睛比人的要清亮，很美！我们走远了，葛一枪这才对我说，只要你不惹黑熊，它们不饿着的话，是不会主动出击的，尤其是母熊，它为了保护自己的熊仔，更不会轻易伤人，它怕熊仔吃亏。我问葛一枪，万一情况不妙，一颗子弹对付不了三头熊，那咋办？他说他的狍皮靴筒里，各插着一把猎刀呢！他曾用猎刀，抓过日本鬼子，干掉过凶狠的母狼，根本不需要子弹！”

弟弟不信地问：“他还抓过鬼子？”

父亲说：“可不是吗，苏联红军和日本关东军交火时，有两个日本鬼子从西口子逃到林子里。那是秋天，葛一枪打到一头野猪，骑马驮着猎物回营地的路上，在一条小河旁遇见了两个吃臭李子的鬼子。鬼子有枪，但他们在山中逃了一个月，晚上一有野兽叫就放枪，再加上打猎物填肚子要开枪，子弹用光了，枪成了哑巴！他们只好吃蘑菇和浆果充饥。鬼子看见鄂伦春人驮着一头野猪，两眼放光，他们已经好多天没吃肉了。他们见葛一枪的猎枪不是挎在身上，而是绑在马上，知道他的枪也是废物，胆子大了，想着两个人对付一个人，应该没问题，就举着不能冒火的枪，呜哇叫着冲上来。结果怎么样？葛一枪跳下马，两手同时伸向靴筒，嚯，两把寒光闪闪的猎刀就在手上了。他力气也真是大，两条胳膊张开，再收紧，鬼子的脑袋就进了臂弯了，猎刀正抵着俩狗日的脖颈子，生擒了小鬼子！制服他们后，葛一枪用绳子捆了他们的手，拴在马上，拽着他们走。葛一枪心眼儿好，见鬼子面黄肌瘦、胡子拉碴的，越来越跟不上马的步伐，知道他们饿得够呛，没力气了，就停下来，拢了堆火，用猎刀卸下块野猪肉，给他们烤着吃。小鬼子不但吃着肉，还喝着了酒，他们感激地给葛一枪跪下了！”父亲说到这儿，喝了一大口酒，用手拍了一下自己的脑门儿，笑着说：“扯远了，得说放电影的事了！”

可我想知道那两个日本鬼子的下落，问：“他喂饱了鬼子，把他们带哪儿去了？”

父亲说：“啊，自然是抄近路，交给了刚解放了欧浦的苏联红军！苏联红军奖励给葛一枪一箱子弹呢。”

弟弟不满地说：“要是我遇见日本鬼子，就用刀‘咔嚓’了他们！”

父亲说：“杀俘虏是有罪的，不能那么干。苏联红军将俘虏的鬼子全都押解回去，给他们修公路去了。反正当了战俘，没有好下场的！看似有活路，其实是死路一条！”

母亲撇了下嘴，说：“苏联红军也不都是好东西！”

父亲说：“那是啊，苏联红军帮着我们收复东北时，没少祸害咱们的杰姆什卡和玛达姆！”

弟弟问：“什么是杰姆什卡和玛达姆？”

父亲说：“你两个姐姐是杰姆什卡，你妈是玛达姆！”

弟弟半懂不懂地说：“好男不和女斗，祸害她们有什么意思！”

母亲说父亲：“这故事照你这讲法，还不得讲半宿？东一撇子，西一扫帚的，离题万里，亏你还是个老师！”

父亲赶紧回归正题，说：“我们到那儿时，天色就跟现在差不多，火烧云落了，天开始暗了。那个营地，在一条美丽的山谷里，叫别雅山谷。‘别雅’在鄂伦春语里，是月亮神的意思。站在这条山谷的谷底，你看两侧的山，觉得这就是老天爷放映电影的地方。老天爷真聪明啊，他把雪白的幕布，挂在了山岭之间。他坐在天上，常年看着人间的电影。彩云呀鹞鹰呀，野花呀溪流呀，山猫呀野鹿呀，他想看什么，就来什么。”

“别瞎抒情了——”母亲再次打断父亲，“说你到了别雅山谷后的事情吧。”

父亲低下头，露出忧伤的神色。他的忧伤在薄暮的黄昏，分外动人。看得出他对别雅山谷的描述，还没有尽兴。他说：“我们到了鄂伦春营地，迎接我们的，先是各家的猎犬，然后才是人。鄂伦春人的猎犬，非常通人性。主人出猎时带着它们，它们的鼻子才灵哪，百米之外，就能闻出动物的气味，把主人引向那儿。在外宿营，万一来了黑熊和狼，它们会把主人扒拉醒。尤其是猎犬中的头犬，威猛机智，能独自逮住兔子、灰鼠这样的小动物，简直就是侦察兵，所以鄂伦春人有‘好狗不换马’的说法。”

我问：“那葛一枪咋不带猎犬呢？带上它，不就等于带着子弹库了吗？”

父亲乐了，夸我：“我二丫头这话说得还不错！”他说：“葛一枪原先也有猎犬的，叫黑晶，黑色的公狗，个头不高，但非常厉害，能逮住兔子，捉住野鸡！有一年，葛一枪带着黑晶出猎，在叉巴河，遇见了汉族人挖的陷阱。陷阱伪装得太好了，葛一枪和他的马都没察觉，可黑晶发现了。它见势不妙，冲上去拦住马。马停下了，它却落到陷阱里！那陷阱两米来深，布着铁丝网，黑晶的身上被扎了无数窟窿眼，死时浑身是血，真惨哪！葛一枪忘不了黑晶，从此后不再养狗。他在山中遇见陷阱，就撕开它的伪装，将它填平。唉！”

“挖陷阱的人真坏——”弟弟诅咒说，“让那样的坏人家，生的男孩不长鸡鸡！”

母亲“扑哧”一声乐了，说：“你长着鸡鸡，说明咱们是好人家！”

我扔掉粉笔头，双手堵起耳朵，说：“砢碜！”

父亲的故事就像爬坡的驴子，虽然慢腾腾，总归是前进着，“我下了马，进了葛一枪家的撮罗子，发现犴肉和酒囊已经摆好了。可是人没吃呢，苍蝇就动上嘴了。葛一枪的闺女，小名叫小铜铃，是个胖墩墩的丫蛋，正挥着胳膊赶苍蝇。葛一枪说，林子里的苍蝇干净，他们平素吃东西，不忌讳它们，也不备蝇甩子。看来是他老婆怕客人瞧见苍蝇犯恶心，让小铜铃驱赶的。葛一枪的老婆叫孟百合，个子不高，很黑，塌鼻子，整个人看上去像发酵了的面团，眼睛都快给胖没有了，只剩一道缝儿！她将犴肉做了三种：一种是煮的，没有熟透，还带血筋呢，这种肉用手撕着吃，那才鲜呢；还有一种是烤的，用苏子叶和盐腌渍过，外焦里嫩，吃了一块还想着第二块，不吃三块你肚子里的馋虫都得闹你呀；再一种我最得意的，是把犴肉和老山芹剁碎，灌进肠衣，蒸熟后，用刀一截截地切着吃。嗬，那酒菜那个硬呀，现在想来都淌口水！鄂伦春人不吃独食，喝酒的时候，整个营地的男人都来了。太阳落山了不要紧，他们在撮罗子外的空地上，划拉点儿干柴棒，点起火来，吃着喝着说着唱着，那叫一个美呀！那红彤彤的火堆，就等于太阳，等于灯了！”父亲豪情万丈地述说着，声调高了起来，“我喝了大概半斤左右吧，瞅人时就不真亮了。我说不能喝啦，万一醉倒，就没法放电影了！他们很聪明，说是先把电影放上，边喝边看，两不耽误。这主意真是好呀！过去皇上年节摆宴席，不也得请戏班子，唱个戏吗？他们看过两场电影了，知道怎么放，早就把拴银幕的两棵树找好了。我清楚地记得，那两棵松树，一棵粗，一棵细。葛一枪拴银幕时，开玩笑说粗的那棵是他老婆，说完还跟山羊似的，啃了口粗树的树皮；他老婆嘴巴也不饶人，指着那棵细的树，说葛一枪跟它一样，从来没粗过，再吃再喝也是个细，冤鬼托生的，她每天搂着根干柴棒，老担心把他给撅折了，把我们给乐的啊！银幕挂好了，在树上再拴上大喇叭，将柴油发电机哒哒发动起来，连上线，支好放映机，拷贝一上，电影就开演了。看电影的，除了人，还有猎犬和狍子。猎犬多，狍子只有一只。鄂伦春人养狗，基本不养狍子。狍子一般是草黄色的，只有尾根是白色的，可那只狍子通身雪白！它没长犄角，是头母的。白鹿和白狍子,在他们眼里是神,捕到白狍子后不能杀,得好好养着,走哪儿都牵着。它还有个名字呢,叫衣嘎布,就是思念的意思。”

“那白兔为什么就不是神了?”我问。

弟弟撇下小人书,冲我大声说:“真笨,兔子都是白色的,不稀罕!狍子和鹿成千上万,也出不了一只白的,爸爸常说物以稀为贵,这个还不懂?”

父亲转而表扬弟弟了,“我儿子这么小,就会用成语了,了不起!”他骄傲地喝了一大口酒。

我受了奚落,一肚子不高兴。球鞋涂好了,我故意将剩下的小半截粉笔扔进灶坑,拎着它们出了屋,晾在院外的窗台上,心想我不听故事又死不了,干吗让人说呢!我出门的时候,母亲骂我是个败家子,看来她心疼那截粉笔了。天越来越暗,星星探头探脑的了。鸡全都归笼了,可是因为听故事,弟弟忘了他的活儿,鸡笼门还敞着,小黑狗只好趴在笼子前,警察似的蹲守着。我的出现,让它欢天喜地,它跑过来舔我的裤脚,使劲儿摇尾巴。可我一想关鸡笼门的活儿,不该我做,于是踢开它。小黑狗生了气,跑到仓棚前趴着去了,大有罢工的意思。不过它赌气了不到两分钟,听见鸡们咕咕咯咯地蠢蠢欲动,又回到鸡笼旁了。而我惦着故事,也不争气地抬脚回屋了。

“葛一枪有个儿子,叫奇克图。”父亲指着弟弟说,“他随他妈,又矮又胖,特别能吃。他年纪小小,就长着黑茬茬的小胡子了!他喜欢爬树,七八米高的大树,转眼之间,就爬到树梢了!葛一枪告诉我,奇克图见着大树就想爬,还想搭个树屋,睡在树上呢。奇克图喜欢白狍子，看电影时就把它牵来了。他和狍子卧在地上，都支棱着可爱的圆耳朵，看上去像一对好兄弟！那天放的电影是《渡江侦察记》，电影刚开演，因为里面的士兵取笑喝酒的班长，他们便议论开了，说班长是好人，其他士兵是坏蛋！八九分钟吧，影片中的小姑娘救下当年的连长，划船送连长脱离险境时，遭到日本鬼子的追击！这下好，葛一枪当真了，他扔下酒囊，抓起脚前的枪，对着银幕上的鬼子就是一枪！鬼子早没影儿了，银幕被打了个窟窿，把我给心疼坏了。我责任大呀，一块银幕值不少钱呢，修复个枪眼多难呀。我停下放映机，告诉他们电影里的人都是假的，不能当真。他们就说我坏，拿假东西蒙人！没办法，我只好接着放，这回人消停了，可是电影里狗一叫，奇克图一个口哨，银幕下的猎犬全都跟着汪汪叫。那只白狍子，大概觉得狗都叫，它不能不叫，也叫起来。以前我给他们放电影，都是唱戏的，大不了银幕上的人唱，他们也唱。他们唱的鄂伦春小调也好听，乐得他们唱。可是放故事片就出麻烦了！最有意思的是，电影里下雨，鄂伦春女人接二连三起身，要回撮罗子避雨，可那晚别雅山谷上空，吊着一轮大月亮！”

父亲讲到这儿，弟弟嘿嘿笑起来。他的笑声刚落，小黑狗叫起来。它叫得凶，看来咬的不是过路人，而是有外人登门了。母亲连忙放下手中的毛线活儿，出门察看。我们听见她在院外，跟一个男人寒暄着。等她再回来时，手里多了一样东西，虽然光线黯淡，但我们还是认出了，那是一尊毛主席石膏像！母亲说，来的人是姐姐所在农场的副场长，进城办事，路过我们小镇，姐姐托他把石膏像带到家，说这是她当劳动模范的奖品！

父亲说:“怎么不奖励两瓶酒呢。”

母亲说:“还不如给条肥皂实用呢！”

弟弟则说:“麦子不是熟了吗,我大姐咋不捎点儿回来,烧麦子多香啊。”说完,吧唧一下嘴。

我一听他们对这奖品都不感冒,也发泄着不平,“发个铅笔盒多好呀,我的铅笔盒,都盖不严了！咱家都有两个毛主席石膏像了,还送这个!以后再刷像,得刷三个了,我可不干!再说了,三个都是半身像,没意思,看不见毛主席的腿！”

父亲母亲同声呵斥我,“不许胡说！”母亲更是把石膏像摆到八仙桌子上,在我胳膊上掐了一把,威胁我再敢胡说,就用针缝上我的臭嘴。

弟弟跟着助威,“我去找针线！”

我说:“你敢,我就先撕烂你的嘴！”说着,夺过他手中的小人书,那是本《杨门女将》,我觉得撕它等于打女孩自己的脸,便将它揣进裤兜,瞪大眼睛,从炕梢的小木匣里找出弟弟喜欢的《东郭先生》,“嚓——”的一声,把中间的一页撕下来了。弟弟气急了,鹞鹰逮小鸡一样扑过来,揪住我的长辫子,说是要用它拴野猫,让野猫把我的脸挠成血葫芦!我们斗气的时候,小黑狗大概不耐烦守鸡笼了,呜呜叫着挠门,而父母在议论送石膏像的副场长,说他已经是第二次来我家送东西了,是不是跟姐姐搞对象了?他们的口气有点儿欣喜,又有点儿担忧。我和弟弟才不管姐姐和谁好呢,我们亢奋地对骂着,说尽脏话,父亲实在听不下去了,拿起筷子,敲着酱碗说:“别闹了,再闹我就不讲故事了。”弟弟立刻松开手,我的长辫子秋千似的荡回来了。

小黑狗挠了半晌的门，无人理睬。它又回到鸡笼旁了吧——听不到它的动静了。

“边放电影边喝酒，那个美气，就别提了！人一高兴，谁给酒都喝，酒就没边没沿了，最后喝了多少，我自己也不清楚了！电影放到一多半的时候，我醉倒了。该换拷贝了，可我怎么也爬不起来。他们把我扶起，架到放映机前，可我的手不听使唤，眼睛也看不清东西，白搭！他们只好把我放回地上，由着我睡。我睡着，他们接着吃肉喝酒。看我不醒，便围着篝火唱歌跳舞。月亮走到中天了，我还睡着，小铜铃急了，去河沟舀了盆水，端回营地，将水撩到我脸上。别雅山谷有好多条小河沟，那水才叫清凉呢。我被凉水一激，睁开了眼睛。我最先看到的，是山谷上空的月亮，猛一看，就像一只飞翔的神鸟，山谷两侧幽蓝的山影，就是它张开的翅膀，那翅膀好大呀，无边无际的。小铜铃见她这招儿终于把我弄醒了，高兴得直拍手。她还精神着，可有的孩子，困得支持不住，倒地睡了。奇克图简直气死我了，他竟然睡在了放映机的架子下，这下好，衣嘎布跟过去，闯了大祸！”

“衣嘎布是谁呀？”弟弟问。

“狗屎记性，就是奇克图牵着的白狍子！”我终于找到了还击弟弟的机会。

“衣嘎布这个坏家伙，把我放在草地上的帆布口袋里的最后一卷拷贝，给倒腾出来了！幸好放过的带子，都被我搁在架子上，没一股脑儿被它祸害着。我见衣嘎布把拷贝当面饼一样踩着，胶片被扯出来了，气得脑袋嗡嗡直响。你说胶片又不是青草，有个什么啃头！我冲过去，从它嘴下抢出拷贝。奇克图被我喊醒了，知道心爱的衣嘎布吃了不该吃的东西，他很生气，折了根树枝，抽了它一顿，将它拴到一棵桦树上。我捧着拷贝，用剪刀铰掉被衣嘎布弄坏的胶片，接好，继续放电影。因为少了几米胶片，一些情节跟着没了，看的人接不上溜儿，七嘴八舌地问我这是怎么回事。我只好停下来，将漏掉的情节讲给他们，再放。可是小铜铃不干，她哭闹着，非让我把丢掉的故事再搬到银幕上。你说我又不是孙悟空，哪有那本事！孟百合哄了半天，答应她冬天出了山，给她买花手绢和大虾糖，小铜铃这才不哭了。电影快结束时，战士最终把情报送到了我军手里，鄂伦春人全体起立，向他致敬！而情报送到后，按照暗号，河那边打响三颗信号弹报信，河这边点起三堆火呼应，他们更是激动得一个劲儿地鼓掌。猎犬见主人欢呼，也跟着呜呜叫，才有意思呢！我想啊，鄂伦春人要是上战场，个个都是好战士！”父亲说完，又是一番吃喝。

天黑下来了。父亲的咀嚼声停顿的一瞬，突然长叹一口气。

这声叹气，让弟弟以为故事结束了，他问：“完了？”

未等父亲作答，院子响起脚步声，接着屋门“嘎——”的一声被推开了。小黑狗没叫，说明来的人是爷爷。虽然他住在别处，但小黑狗知道他是亲人，是它唯一会摇着尾巴迎进的家门以外的人。

爷爷脾气大，嗓门高，一进屋就是批评，“没穷掉底吧？连蜡都点不起了？屋子这么黑！一家子都干什么呢？鸡架门也不关，万一黄皮子钻进去吃鸡，过年时这家的八仙桌子，还摆得上炖鸡？托生在这院的狗，真是倒霉！”爷爷气咻咻地说完这两件事，又开始说门，“这家的掌柜，懒得屁眼儿生蛆！门都沉成这样了，也不知道修修，谁家的门跟鹅似的嘎嘎叫？”

爷爷走到屋中央，叫了声父亲的小名，听到父亲答应了，他“哼”了一声，说：“怎么不把你给抓走呢！”

原来，爷爷先前坐在他房门口的木墩上抽旱烟时，碰到了镇子西头的张大麻子。他告诉我爷爷，傍晚他在公路碰到一辆警车，开得飞快，也不知它是路过，还是来我们这儿的。如果来我们镇子，抓的又会是谁？张大麻子吓唬我爷爷，“别是你儿子出事了！他不是进了两次‘五七’干校了吗？兴许在那儿说了反动话，让人揭发出来，给抓走了！”我爷爷一听急了，赶紧把烟袋锅往鞋底一磕，灭掉，上我家打探。他进了院子，见小黑狗守在鸡笼前，院子没乱，屋子也没哭声传出，便知父亲没出事。心托底了，他帮着关好鸡笼门，解放了可怜的小黑狗，这才进屋。

母亲起身，叫了声“爹”，吩咐弟弟赶紧点蜡。她请爷爷炕上坐，说是下霜了，天凉了，喝盅酒活活血脉。

爷爷又“哼”了一声，说：“我才不捡狗剩儿呢！”大踏步出去了。

母亲埋怨父亲，“爹来了，你怎么都不招呼一声？”

父亲说：“他一肚子火气，我敢吗？招不招呼又能怎样？我这个儿子，在他眼里还不如条狗！”

爷爷嫌父亲年轻时不听他的，学文不学医，跟着他提心吊胆过日子，对父亲心怀怨气。爷爷常自问自答地说：什么是好日子？太平就是好日子！说是掌握一门手艺，哪怕当个铁匠木匠石匠，喝口玉米糊都舒心；可是做书生的，哪朝哪代太平过？为了安慰爷爷，我和弟弟都曾表过决心，我说长大了当护士，什么人病了，都得请我给扎针；弟弟说他要当卖肉的售货员，我家人买肉，不用肉票，尽挑肥的给。气得爷爷鼻子都歪了,说女孩子当护士赶上男人来打针,还得按人家的屁股,多不体面!至于弟弟理想中的职业,他只报之以两个字来评价:“吃货!”

爷爷走后,我张罗着点蜡。

母亲问父亲:“讲完了吗?”

父亲说:“还没呢。”

弟弟高兴了,说:“我一猜这故事就没完!”

母亲阻止我,说:“听完了再点蜡吧,要不白瞎亮儿了。”

我答应着爬回炕上,猫一样地蜷到炕梢。

“电影放完了,我们把银幕卸下来,停了发电机。我归置东西的时候,奇克图慌慌张张喊他爸,说是衣嘎布不见了!葛一枪埋怨他:谁让你当着大家抽它了?它一生气,撒腿跑了!奇克图说,它不是神仙吗,咋还这么小心眼儿!奇克图很委屈,平时不拴衣嘎布,它都没逃,谁知给它上了绳套,它倒没影了!我们去看拴它的那棵树,发现绳子不是挣断的,而是它自己解开的。你说狍子能自己解开绳扣,不是神仙又是什么!鄂伦春人有鹿哨,可没听说他们有狍子哨。但是奇克图的口哨厉害,猎犬能听懂他的召唤,衣嘎布也听得懂。奇克图把大拇指放到嘴边吹着,以往衣嘎布一听这音,就蹦蹦跳跳地跑来了,可这回奇克图的口哨不灵了,他哇哇大哭。我安慰他,说月亮是个神仙窝,谁让今晚的月亮这么好,衣嘎布这是飞越山谷回老家了。奇克图边擦眼泪边说,他要飞进月亮,找回它来。我说,那你就得造天梯啦!我以为奇克图哭一会儿就完事了,谁知他没完没了,像死了爹娘!鄂伦春人也忌讳白狍子离开营地,觉得不吉祥,发誓要找回来。

那时凌晨一点多了，葛一枪说他在太阳升起前，一定能找回衣嘎布。他不让别人跟着，回撮罗子取了三发子弹，单枪匹马地出发了。他说了，一找到衣嘎布，就像电影上一样，打三枪给他们报信！你们看，他们学电影里的东西多快！”

弟弟嘻嘻笑了，说：“那山谷里的人得点三堆火了！”

父亲说：“就是。葛一枪走后，大家开始划拉枝丫，攒成三大堆，单等枪响了，点起火来。可是等啊等，三点多了，天放亮了，没有枪声，深山里倒传来狼嗥，把孟百合吓坏了，她跑回撮罗子，跪在神像前祈祷去了。”

我打了个哆嗦，说：“我不往下听了，一定是狼把衣嘎布和奇克图他爸，都给吃了！”

“我这二丫头，就爱把事情往坏处想！”父亲一边埋怨我，一边说，“我看鄂伦春人都不吭气，就说了句电影里的接头暗号‘香烟洋火桂花糖’来逗他们，可他们不笑。奇克图一直攥着火柴，坐在枝丫堆旁。我朝他借火柴点烟时，发现那盒火柴已被他攥湿了，真是父子连心呀！就不像我这儿子，我挨了地主的皮鞭，他还说风凉话！”

弟弟赶紧申明，“要是你也快被狼吃了，我也会像奇克图一样伤心的！”

父亲说：“我也以为葛一枪九死一生了，可是太阳刚冒红，四点钟吧，‘啪——’的一声，山谷里传来一声枪响，跟着又是‘啪——’的一声枪响，真是让人激动啊！等最后一枪响过后，我们欢呼起来！奇克图点起三堆火，火苗腾腾的，蹿得老高老高，估摸着老天看见这三团大火球，也喜欢得不得了！枝丫烧得快，也就二十分钟吧，快烧落架了，我们赶紧续上干柴棒，让它再亮堂起来，大家围着火堆，又喝上了！反正电影也放完了，三声枪响，说明衣嘎布找到了，葛一枪也没出事，大家都高兴。我喝得舌头都木了，足足有一斤吧。葛一枪骑马带着衣嘎布回来时，迎接他的，就是守着火的奇克图和猎犬了，大家困的困，醉的醉，全都撂倒了！”

母亲问：“他老婆也睡着了？”

父亲说：“可不！”

母亲说：“她心可真大，要是我，怎么能睡着！”

父亲没有领会母亲这番话的情谊，傻乎乎地说：“那有什么！葛一枪打完三枪，她放了心，人一放松下来，猛喝一通，醉了睡着，太正常了！她醉倒时，我还没事呢。她躺在草地上呼呼睡，怀里抱着两个酒囊，那样子，就像一头母熊搂着俩熊仔，真招人稀罕！娶这样爱吃爱喝、心胸宽广的女人，福气呀。”

母亲“哼——”了一声，吩咐我快去点蜡，说是该拾桌子了。

弟弟有些失落地问：“这回讲完了？”

父亲说：“还有个尾巴呢。我那次放电影，没保护好银幕和拷贝，回去挨了批评，被扣了半个月的工资！等我转年春天去别雅山谷给鄂伦春人再放电影时，你们猜猜，我看到了什么？”

“月亮掉进山谷，变成了撮罗子，鄂伦春人住在月亮里了！”我说。

父亲欣喜地说：“嗬，二丫头的想象力真不错！”他赞美完我，也喝足了吧，很快把谜底告诉我们：营地多了两头小狍子！是衣嘎布生的。父亲说，衣嘎布那晚溜出去，回来后肚子揣上崽儿了。它生下的狍子，全是草黄色，跟其他狍子没什么两样。父亲最终评价道："当神仙有什么好？不如一公一母两只狍子搂在一块儿，亲亲热热的有意思！"

母亲责备父亲，"当着孩子说这话，也不怕带坏了他们！"

父亲说："好孩子带不坏，坏孩子也带不好！"他端起酒盅，一饮而尽。虽然看不清楚，但从他放酒盅的声音中能够听出，他是将它倒扣在桌上了。他喝完酒，喜欢这样放置酒盅。在我想来，酒盅里扣着一个圆圆的句号。

我去了灶房，从灶台摸到火柴，点燃了搁在碗柜上的蜡烛。当我捧着蜡台进屋的一瞬，父亲母亲觑起眼睛，弟弟则睁大了眼睛。看来上了年纪的人怕光，而年轻的眼睛不惧光。我朝八仙桌子走去，没等我放下蜡台，一直安静地趴在桌角打盹的野猫，让光亮给惊着了吧，突然一跃而起！它绑着绳子，所以它一跳，桌子好像来了神了，跟着颤悠。它力气真是大，那么沉的桌子，被它给折腾翻了！它闯了祸后，挣断绳子跳下炕。八仙桌翻倒的一瞬，杯盘碗盏各逃各的，有的骨碌到炕梢的枕头前，保住了命；有的骨碌到地上，摔个稀巴烂。碗里的黄酱，烟花般飞溅着，将父亲和弟弟的衣服弄污了。待我们醒过神来，才发现最要命的，是那尊刚得到的毛主席石膏像，粉身碎骨了！

"谁让你把毛主席像放那上面的？"父亲这回真急了，他骂母亲，"猪脑袋！"

母亲使劲儿捶着胸，叫着："我的天哪——"

他们赶紧商量，该如何处理石膏像碎片。父亲说趁黑埋在菜园，母亲说不行，小黑狗和鸡都淘气，万一用爪子给刨出来怎么办？母亲说装进一个布口袋，锁进箱子，反正钥匙外人没有，父亲说更不行，万一形势不好，抄家的上门，不是逮个正着吗？他们无助地看着我们，希望我和弟弟能想出好办法。弟弟一拍大腿，说这有什么难的？用锤子将它们敲得碎如米粒，撒在鸡架下，和鸡屎混合在一起，最后扬到地里做肥料，谁也不知道；我说干脆把它们扫进灶坑，点把火烧酥了，它们变成乌黑的石膏粉后，当炉灰扔掉，不就没事了吗？

他们觉得我的主意可取，母亲立即拿笤帚和撮子打扫石膏碎屑，父亲出去抱柴。我们都忘记那只癫狂的野猫了，其实它一直蹲在灶房的角落，伺机逃跑。父亲一开门，它得救地蹿出去，与闻声而来讨主人欢心的小黑狗，撞个正着。小黑狗也真没出息，吓得掉头就跑，野猫发出嘲笑般的叫声，消失在夜色中了。

母亲没让火白烧，她将灶上的大铁锅填满水，说是被黄酱弄污的衣服得趁早洗了，不然挺一宿，就渍住了。水缸的水快见底了，母亲唤父亲挑水。父亲拿起扁担了，但母亲怕他喝多了腿软，再掉到井里，连忙抢他的扁担。父亲说没事，可母亲就是不放心，她吩咐我看着火，拿起手电筒，跟着父亲去水井了。

我蹲在灶坑前，看着雪白的石膏碎屑，被金红的火焰吞噬了，我对站在身后的弟弟说：“火一定长着金牙，它吃起东西来，多厉害呀。”

弟弟没回应我的话，他担心地问：“咱大姐回来，要是问起毛主席像，该怎么说？”

我说：“不是说白鹿白狍子是神仙吗？毛主席石膏像是白色的，那毛主席就是神仙！神仙去哪里，谁能管得着！”

弟弟嘿嘿乐了，去屋里察看损失的物件。平时我们挑担水，一刻钟就够了。可那天半个钟头过去了，还不见父母回返。我和弟弟慌张起来，怕他们掉井里了，连忙带着小黑狗去找。走到中途，小黑狗突然奔跑起来，比我们先迎着了他们。上弦月没多大亮光，母亲又没舍得打手电筒，所以路是模糊的。可是父亲心里是亮堂的，因为他挑着水，哼着小曲。我生气地说："挑一趟水，怎么用这么长时间！"

母亲语气绵软地说："你爸喝多了，桶掉井里了，我们捞桶耽搁了工夫！"

弟弟"呸——"了一口，说："骗谁？井那么深，什么工具都没有，搁鸡巴捞呀？"

弟弟的话，惹得父亲笑起来，只听"咣当"一声，水桶蹾到地上，看来扁担从肩上滑落了。母亲连忙打开手电筒，一看水桶没翻，水只洒了一点儿，便放心地关掉手电筒，讥讽父亲连担水都禁不住，软蛋一个！

父亲笑着说："天上的牛郎硬蛋，有本事你叫他下来帮你挑水呀！"

"我才不跟织女争男人呢。"母亲说，"人家一年才见一次面！"

他们甜蜜地斗着嘴进了家，将水倒进缸后，听弟弟汇报物品的损失：碎了两只碗，一只盘子，八仙桌子的一条腿也瘸了。母亲的喜悦倏忽没了，她叹着气，抱怨父亲的故事讲得太长了，不然不会惹这么大的乱子。

父亲看着弟弟说："能怪我吗？都是野猫闹腾的！"

弟弟看着母亲说："能怪我吗？都是你说耗子糟蹋仓棚的粮食，

我才去山里捉来野猫的！”

母亲看着我说："能怪我吗？都是这个傻二丫头，非把蜡台往八仙桌上捧，吓着了野猫！”

我看着窗外说："能怪我吗？要是老天把月牙儿送到咱家当灯使，谁还点蜡烛！”

我想在那个寒露的秋夜，老天听了我的话，一定会委屈地说："能怪我吗？这么黑的夜，就这么一盏天灯，还不得千家共用？”

中部：空白

下部：儿子

弟弟讲述鄂伦春人拍电影的故事之前，母亲陷在沙发里，手提一串念珠，眯缝着眼，时而念两声"阿弥陀佛"，时而加入我们的闲聊，时而歪头打盹，发出喃喃呓语。由于我带着米米回来过年，再加上弟弟一家也来了，姐姐家的厨房盛不下十多口人，饭桌便被搬到了客厅。

这是腊月二十三的午后，我们给祖父和父亲上坟回来，做了一桌好菜，祭灶过小年。姐夫吃完打理铺面去了，弟妹带着孩子串亲戚去了。只有姐姐、弟弟和我，依旧守着椭圆的饭桌，推杯换盏。我们两三年才聚一次，要说的话太多，午饭时间便像冬日的黑暗一样，被拉长了。才三点钟，天色就透出迟暮之气了。看来太阳还是喜暖，那时节它红光满面,生气勃勃,横贯长空,迟迟不归;而白雪一覆盖了兴安岭,它就没精打采的,缩头缩脑,晚来早走。

姐姐家的房子在小城的东南角,是一座居民楼的顶层。从四楼的窗口,望得见白茫茫的山,冰封的河流,以及岸上墨色的灌木丛。楼下住平房的人家,在园田中养了一群鹅,一到喂食的时候,他家的两条狗便出来警卫。因为雪大,乌鸦和麻雀有时找不到吃的,会偷吃鹅食。母亲每天最快乐的时光,就是站在窗前,看着低头啄食的鹅,东张西望的狗和那些盘旋在半空的可怜的乌鸦和麻雀。她怀念从前家中的菜园、院落、火炕、水缸、大公鸡和小黑狗。一旦想起小黑狗,她就嘟囔父亲:“都是你,带走了这么仁义的狗!”

父亲去世三十年了。他的死,母亲一想起就气得慌。当父亲不必再下放劳动,能安安稳稳做教书匠时,他却把自己打发到另一世了。

那年深秋,小镇学校组织庆祝演出,全镇居民都参加了。操场搭起了舞台,人们拎着板凳,横七竖八地坐在下面。女教师小合唱时,懂音乐的父亲拉手风琴伴奏。他穿着银灰的涤卡中山装,背头梳理得洋洋洒洒。他精神抖擞地上台时,引来满场笑声。因为我们家的小黑狗,不识时务地跟着蹿上舞台。父亲呵斥它下台,它就是不听。父亲没办法,只得让它趴在脚旁。只见父亲一甩头,十指跳舞似的在键钮和键盘上跃动,欢快的音符就如山泉一样,奔涌而出!小黑狗配合他的甩头动作,甩起了尾巴。父亲拉着琴,目光放在女教师身上。坐在我身旁的母亲低下头,跺着脚说:“还不完,丢人现眼!”母亲话音刚落,父亲忽然一歪身子栽倒了。跟他一起倒下的,还有手风琴。琴声歌声戛然而止,我们冲上舞台。我们可怜的父亲,在被抬往卫生所的半路上，停止了呼吸。他走的时候，满面笑容，好像他愿意离开我们似的。母亲抱着他的头，说："你撇下我们，还这么高兴，真没良心啊！我是让琴声快完，没让你完啊。"母亲哭昏过去。我和弟弟吓哆嗦了，以为父母一堆儿没了。埋葬了父亲，母亲把父亲生前穿过的衣服收拾在一起，捧到十字路口，预备烧掉。可她刚划着火柴，小黑狗冲上来，趴在衣服上，哀怜地叫。衣服上有父亲的体味，它舍不得，可母亲不能让自己的男人在冥间没衣服穿呀，强行拖走小黑狗，烧掉衣服。小黑狗耷拉着脑袋回家后，不再出窝，也不吃食，不久就死了。清理狗窝时，我们发现了父亲的一双黑布鞋。父亲离世的那天早晨，曾打着口哨刷这双鞋，晾在窗台上。看来我们忙碌葬礼的时候，小黑狗将它从窗台叼过来了。母亲看着她做的布鞋，哭了。她对我们说，从今往后，家里不许养狗。狗跟亲人一样，失去了也锥心刺骨。

父亲走后，爷爷一滴眼泪也没掉，说是死在父母前头的孩子，是不孝之子，不值得哭。他还说没了儿子也好，不用再跟他担惊受怕过日子了。爷爷活到八十岁，走时一点儿也不糊涂。他交代我们，把他和他儿子埋一块儿，而且要埋在儿子的正上方，这样能镇住这个一意孤行的家伙。父亲哪怕多不听话，在他脚下，也翻不了天。

一到腊月二十三，家人都要进山，给祖父和父亲上坟。母亲从来不去，但每年的这个早晨，她会早早起来，精心烹制供品，炖鸡，煎鱼，焖五花肉，说是过年了，得给他们弄点儿硬菜下酒。我远在外地，不是年年能赶回来，去上坟的，就只有姐姐和弟弟了。

但今年我腊月十九就回来了。米米的自闭症越来越重，我只好在家带她。十一岁的女儿休学了，而我办理了停薪留职，我们俩最不匮乏的就是时间了。

要说我们三姐弟,过得最不如意的就是我了。姐姐生活在我们童年最向往的县城,离我们住过的小镇,不过二十里路。她嫁了当年与她相恋的副场长,有一个帅气懂事的男孩,正在长春上大二。虽说姐夫下岗了,但他靠着手艺,开了家汽车修理部,经济比较宽裕。而在工会上班的姐姐,清闲自在。姐姐姐夫感情好,所以一直以来,母亲乐得跟他们过。弟弟在一个林业局的法院工作,离姐姐家七十来公里。这两年他迷上了摄影,一到双休日,就和朋友驾车去山里拍风景。他妻子是小学语文老师,文静贤淑,孩子上高二了,家庭平稳。每隔半个月,他会回来探望母亲。如果说他们过的是人日子,我过的就是狗日子!我结婚晚,挑来捡去,竟嫁了个比自己小十岁的男人!开始两年过得还好,三年之后,才发现找个比自己小许多的丈夫,等于一头栽进了小煤窑,险象环生,处处黑暗。丈夫在一个实权单位做处长,几乎天天有酒局,不到夜半不归。他回到家,身上很少有清爽的时候。除了烟酒味,还有去桑拿房推拿时涂抹的各种精油味,以及来路不明的香水味。当年我在爷爷面前表决心,说是长大了做护士,没想到还真应验了!我在医院闻不到好味儿,回家也没有好气息,长在我身上的鼻子,恐怕是这世上最倒霉的鼻子了!我和丈夫常年冷战,这大概影响了女儿,她怕见人,不爱说话,看人时目光冷冷的。

我喝了点儿酒,跟姐姐痛诉丈夫的种种不是,说:“你们没看到他那副德性,送我和米米去火车站时,欢天喜地,好像家里两块乌云飞走了!我估摸着,我们娘儿俩不在家,他晚上就得睡在洗脚房了,反正那些黄毛小姐伺候得比我好!”

姐姐“扑哧”一声乐了，说：“这可是你自己找的，当初我们坚决反对，怕你日后有苦头吃，你听吗？要是实在别扭，就离！现在离婚多大点儿事啊，没人笑话！有的人离两三次，照样找好的！”

弟弟在法院工作，离婚方面他最有发言权，他说：“就是，现在办理的案子，离婚的最多，法院快成离婚院了！”

我笑了，说：“你们过得好，我心里还平衡点儿，不是一家子婚姻都背运！”

母亲叹息了一声，抖了抖念珠，大声说：“离？一脸褶子，半头白发，谁要？！”

我气急地说：“起码比您强，牙还一颗没掉！”

母亲咧嘴乐了。由于缺牙，她的笑显得很空洞。

弟弟嫌我过于沉溺于个人混沌的家事吧，突然问我还记得小时候听父亲讲过的给鄂伦春人放电影的故事吗？我说当然记得，那部片子是《渡江侦察记》，我记得葛一枪、奇克图还有一只白狍子。也记得故事讲到中途时，姐姐托现在的姐夫送来一尊毛主席石膏像，被母亲撂到八仙桌上，结果被绑在桌角的野猫给掀翻了桌子，石膏像碎了，碗里的黄酱四溅，弄脏了父亲和弟弟的衣服。我蹲在灶坑前烧毁石膏像碎片，父亲母亲则挑水洗衣，直至夜半才消停。

母亲咳嗽一声，说：“沾了黄酱的衣裳才难洗呢，费了半块肥皂！”显然她也记得这事。

我揭母亲的短：“你们俩挑趟水，挑了半个多钟头！害得我和弟弟带着小黑狗去找，还说什么水桶掉井里了，以为我们小孩子好糊弄！”

母亲不好意思地笑了两声，说："总比你和米米他爸别扭着强！"

弟弟怕我回击母亲，再惹得老太太不高兴，赶紧说："听我给你们讲讲现在的奇克图吧——"

我说："你怎么会认识奇克图?！"

弟弟说："这两年我不是常去山里拍风景吗？就这么认识的。"

母亲"嗨——"了一声，坐直了，把目光放在弟弟身上，显然她对这个故事感兴趣。就在这时，米米突然从里屋出来了。这孩子奇瘦，苍白的脸，漆黑的长发，再加上穿着黑裤子，白毛衣，看上去像个幽灵。那天下了火车一进家，母亲见她这身打扮，很不高兴，嘟囔着："我还没死，她就吊上孝啦？"我赶紧解释，这孩子不爱穿喜气的衣服，就喜欢黑白色，没办法。此时米米定定地看着我，带着股怨恨，我这才反应过来，该是为她出谜语的时候了。一个心理医生对我说，孩子不爱说话，得想办法让她开口，看她对什么感兴趣。我试了很多同龄孩子感兴趣的话题，她都无动于衷，没想到有一天无意让她猜一道谜语，她居然很兴奋，而且猜中了！这样，我跑到书店，将谜语类书籍一网打尽。米米已经识字不少，怕她看到书，预先知道谜底没兴趣了，我把书锁进柜子，她猜中一条，再将新的抛出。我很奇怪，米米涉世不深，但猜谜很厉害。下午两三点钟，是我给她出谜语的时候。

我对米米说："身上穿红袍，肚里真心焦。惹起心头火，跳得八丈高。打一物。"

我刚说完，窗外突然响起谁家祭灶的爆竹声，米米愣了一下，跟着抿嘴笑了，我们也笑了，因为谁也没料到，这谜底自己开口说话了。

米米难得的笑容,让我轻松了一下。

弟弟说:“米米,舅舅给你出个谜语吧:一个老头愁又愁,两只耳朵让人揪。打一物。你想猜出这是什么物件,得坐下来听舅舅讲的故事。”

母亲温柔地唤着:“米米,到姥姥这儿来——”

米米犹豫了一下,把目光放在门口的紫檀木圈椅上,慢慢走过去,缓缓坐下来。

米米坐定了,母亲开始嘟囔,说是人老了,狗都不稀罕,都没人愿意跟着坐一块儿了,活这么大岁数干吗!米米不吭声,母亲便回头看了眼窗外,嘟囔起了天,说是太阳落山了,天边却一星半点的火烧云都没有,天上冷锅冷灶的,哪有过节的气氛!数落完天,她抹了一把额上的汗,说是屋子的暖气太足了,热得她犯迷糊,喘不动气了。我赶紧起身,将母亲卧室的气窗打开,这样清冽的冷空气,能流通到室内。

母亲不平着,可我满心欢喜,除了吃饭,米米很少与人坐在一起啊。

怕米米和姐姐接不上故事,弟弟把父亲讲过的故事,简要复述了一遍,开始了他的讲述:

“我们摄影三人组,除了我,还有三鸳鸯和大鹏,年龄都差不多。大鹏是音乐老师,三鸳鸯是开浴池的小老板。为什么叫他三鸳鸯呢?他家浴池牌匾上画的鸳鸯,不是一对,而是三只!一雄两雌。他说现在的男人,哪个守着一只鸳鸯戏水?明着一个,暗着总得有一个,依照艺术尊重现实的创作规律,就得画三只鸳鸯!”

“一听这三鸳鸯就不是好鸟儿！你跟这种人在一起，混不出好！”母亲撇着嘴，豪迈地说，“要让我画三只鸳鸯的话，两公一母！”

我们被她逗笑了。

“我们三个人，三鸳鸯的相机最好，他有钱嘛。我的次之，大鹏的再次之。我们仨，这两年把附近的山差不多转遍了。春天的溪水，夏天的野花，秋天的五花山，冬天的大雪，全入了我们的镜头了。也怪了，好景都在深山里！而深山的路，多是早年林业大开发时留下的运材线，坑坑洼洼的小毛毛道，才难走呢！三鸳鸯的切诺基，损坏了好几条轮胎了！因为这，他新娶的老婆一流产，就把责任赖到三鸳鸯身上，说是车胎老坏，她的胎儿也跟着遭殃。你说也真怪，三鸳鸯的老婆年轻漂亮，就是挂不住孩子。我们进山时，车里备着吃食，拍完风景，找个靠近水源的地方，就开始野餐了。我们喝酒，吃肉，唱歌，有一次全都醉倒了，眼看着车，谁也摆弄不动，只好宿营，第二天醒了酒再回来。夏天时，大鹏带着笛子，吃饱了喝足了，他那小笛子一吹，鸟儿一拨拨地飞来，真是神仙境界呀！”弟弟诗情画意地铺垫了许多，才切入正题，“去年清明刚过，三鸳鸯对我说，两百公里外有条山谷，叫月亮谷，外人很少知道，美极了！几年前他去看望驻军部队的一个哥们儿，路过那儿时，听人说起，特意跑去，吃了次手抓狍子肉。山谷住着一个鄂伦春人，带着一只猎犬和一匹马生活，极少出山。他手里没枪，就用原始的扎枪打猎物，非常准。他很孝顺，他父亲葬在那条山谷后，他就一直守在那儿。因为与世隔绝，他遇着人，说起话来常常没头没脑的，得适应一会儿，才能跟人对上话。说真的，当时我还没把他跟奇克图联系在一起。只是想着，那条山谷美，这个鄂伦春人又那么有意思，哪样都值得拍呀！不过想去那里，双休日肯定不行，路途远，没法在那儿住两宿儿。好地方就像洞房，得住进去才能体会到美妙呀。三鸳鸯干个体的，随时随地能走，我和大鹏就不一样了，三个人想一同上路，只好等到五一假期了。”

“怪不得你五月五号才回来，就陪了我一天！我问你五一干啥去了，你不是说加班审案子吗？”母亲像小女孩一样负气地说，“撒谎也不怕烂嘴！”

弟弟不好意思地笑了两声，喝了口酒，说：“劳动节一大早，太阳还没出呢，三鸳鸯就开着车，接上我和大鹏出发了。我们开出居民区，上了公路，才走了二十来公里，晨雾就起来了。雾一开始很小，看得清路，后来就不行了，雾大得打着车灯，也瞅不清路了。怕出危险，我们停下来。看不清山，满眼白茫茫的，我们就摇下车窗闻松香，那时松树刚绿，松针散出的味儿，清香极了，感觉自己被灌进香水瓶子里了！这时大鹏突然说，他估摸着老天把树当作了医生，米米，你说他为什么这么说呢？”

我以为米米不会搭腔的，谁知她看了我一眼，说：“老天给每棵树，都披上了白大褂，它们就成了医生了！”

弟弟兴奋地说：“我外甥女就是聪明！”

母亲嘟囔道：“讲个故事跟驴拉空磨似的，磨磨唧唧，瞎转圈儿，真随你爸！”

弟弟用筷子夹了块熘肥肠，满嘴流油地吃完，喝了口酒，说：“不说雾，哪来下面的故事？”

姐姐说：“快说吧，要不晌午饭得吃到晚上了！”

弟弟用餐巾纸抹了抹油嘴，说："到了七点钟，雾开始散了，看得见树林的绿色了，我们以三四十公里的速度，慢慢往前开。半个钟头后，路过一片樟子松林，看见前方停着一台四轮驱动的大吉普。谁会像我们这么早出来呢？这车派头可不小，停在路中央，看来车主觉着这么早，是不会有往来车辆的，把路当成了自家的，怎么舒服怎么停了。三鸳鸯踩了刹车，我们下车朝它走去。山路太窄了，这车要是不闪开，很难错过车。到了近处，才看清这车挂的是北京牌照，北京到这里，几千公里，连轴转地跑，也得三天啊！它来干什么的呢？我们凑过去一看，嗬，车里的四个人，除了坐在副驾驶座位的一个塌鼻子黑脸人，其他人都睡着。没等我们敲车窗，黑脸人瞄着我们，将司机推醒了，跟着后排座位的人也被他叫醒了。他们打开车门，挨个儿走出来。这些人个个半长的头发，大胡子，穿迷彩服，驼色背心满是口袋，一色儿的登山鞋，一看就是拍片子的。跟他们一搭话，果然如此。他们是从北京过来，为一部电影采外景的。其中一个导演，一个摄像师，一个编剧，一个剧务，几个人轮流开车。而那个黑脸人，是鄂伦春向导。他们要拍的电影，反映的是鄂伦春人在东北解放时的一段历史。他们出来快半个月了，先后去了几处鄂伦春人聚居地，黑河，饶河，阿里河，按理说那些地方风景也不错，可他们总觉得美中不足，就从阿里河带了个向导，奔咱这儿来了。"

"哦，我听人说起过，有人来这里拍电影。"姐姐怕弟弟喝多了，递上一杯茶。

弟弟接过茶，象征性地沾了沾唇，把它远远地放在一边，显然这个时刻，茶是不受待见的，他说："这辆车跟我们一样，也是因为雾大，怕出事，停在路上的。他们连日奔波，太累了，全都睡着了。雾小了，能上路了，可向导看他们睡得香，没好意思叫醒他们。出门碰到同道人，是最愉快的事了。三鸳鸯对他们说，你们也没个明确的目的地，不如跟着我们走！因为我们要去的月亮谷，是大兴安岭最美的山谷，那里正好住着一个鄂伦春人。那几个人一听，高兴坏了，说这可真是神仙帮忙。就这样，我们在前，他们在后，一道出发了。八点以后，雾气消散了。向阳山坡的达子香开得火爆爆的，小鸟恋着花，踏得花枝直颤悠，那粉红的花，看上去就像飞舞的彩云，实在美极了！我们一上午，跑了近两百公里。那时防火期刚开始，戴着红胳膊箍的护林员，把持着主要道口，检查过往车辆，逐一登记，没收香烟和火柴，所以一路我们停了七八次车。到了中午，路过一个小镇，我们在一家饭馆，就着小咸菜，喝了疙瘩汤，吃了葱花烙饼，那叫一个舒坦啊！下午的路更难走了，全是毛毛道，这路就像出过麻子，到处是坑，余下的六七十公里，我们竟走了四个钟头，赶上牛车了！车走得慢也好，敞着车窗，一路赏花了。早开的花，除了达子香，还有耗子花，蓝的，纯白的，那姿态，那温柔劲儿，就像小花猫！”

“真磨叽，说了这么半天，还在路上。等你讲到那个鄂伦春人出来，估摸着星星也该出来了！”母亲埋怨着，“你要是当老师，给学生上课，得节节拖堂！人家你爸，从来都是一节课刚讲完，下课钟跟着就打响了，那才叫本事！”

“昨天你还跟我说我爸，嫌他这儿嫌他那儿的，怎么一转眼又向着他了？”我说。

母亲说：“快过年了，我要是不嫌他几句，他晒脸，天天晚上梦里缠磨我！”

弟弟说：“好了，好了，就要到月亮谷了！那条山谷怎么跟你们形容呢？就像俏姑娘的一条油光光的大辫子，有股子说不出的媚气、野气和神气！山谷两侧，是大片的落叶松和樟子松的混交林，密密实实的，好多树都跟脸盆那么粗！你们也知道，咱大兴安岭，采伐了半个世纪，再加上八七年那场大火灾，好林子基本看不到了，所以第一眼看见那条山谷，真的感觉时光倒流了，好像回到了小时候，一出家门就是山，一进山就能看见大树！谷底有一片水冬瓜和白桦树的混交林，黑白分明，看上去像老天布下的一盘围棋。如果说山谷是个大馅饼的话，水冬瓜、松树、白桦树就是它夹着的馅料，从颜色上看，还得是海参虾米鲍鱼馅的呢！”弟弟特意这样比喻着，笑着说，“我们到的时候，太阳刚落下去，远远就看见一个围着桦皮的撮罗子。深山里来了两台车，你想那动静得多大？可并没有人从撮罗子里迎出来，也没看见马和猎犬。我担心地对三鸳鸯说，那个鄂伦春人下山了吧？三鸳鸯比我有经验，他抽着鼻子，说是空气中有柴灰的气息，说明火塘刚烧过火，那人没出山。我们议论着，走进撮罗子。别看这撮罗子一丈见方，居家过日子的东西，该有的都有。木板搭成的铺上，铺着隔潮的狍皮褥子，上面摆着军用棉被、枕头和烟盒。铺对面的松木架子上，堆放着盛粮食和肉干的袋子。而它的下面，摆着酒桶、豆油桶和盛熊油的坛子。撮罗子中央那座石片垒砌的火塘，果然烧过火，一只铁皮壶坐在上面，水是开过的，火塘旁的小木桌上，一字形摆了几只碗，碗里都有一捏茶叶，三鸳鸯说鄂伦春人一定知道有客人来，提前备好茶了。三鸳鸯提起水壶沏茶，我们每个人捧着茶碗走出撮罗子时，鄂伦春人带着猎犬回来了。”

弟弟说到这儿，奔向卫生间。母亲“哼”了一声，说：“讲到喝茶，他就撒尿，真没出息！”

姐姐说：“要是说到吃肉，还不得让我再炒个肉菜呀。”

我指着桌子说：“葱炒犴肉，山鸡榨菜，都是野味，他还想要什么？顶多给他回回勺。”

弟弟从洗手间出来，使劲儿咳嗽了两声，说：“这么暗，还不开灯？”

母亲说：“听故事开什么灯，费电！”

弟弟说：“我还没吃完呢。”

母亲说：“又吃不进鼻子里！”

弟弟嘟囔着：“小时候听故事，您不让点蜡；现在又不让开灯，这抠门的毛病，几十年没改！”

母亲尖着嗓子说：“我抠门？你打听打听去，咱家这一左一右的困难户，我接济过多少？你知道个屁，臭小子！我告诉你，好故事都是黑着听，才有意思！”

弟弟怕母亲动真气，叫了她一声“老佛爷”，算是道歉了，回到正题，“我一眼就喜欢上了那个鄂伦春人！他又矮又胖，小眼睛，宽额头，一撮小黑胡子，头发又黑又密，牙齿又白又亮。他穿狍皮背心，拎着个篮子，见了我们不说话，憨憨地笑。三鸳鸯问他干什么去了，他说天气真不错。导演问他在山上住多少年了，他说昨晚听见猫头鹰叫了。我问他一天吃几顿饭，他说马一大早就去河边吃草了。鄂伦春向导问他去年冬天打了几只狍子，他说有人想来他这儿养蜂。他一直答非所问，把我们给乐的啊。语言在他那里，好像是冻僵了！不过，他适应了一会儿，渐渐就苏醒了，能与我们对上话了。他说一小时前，他就知道有人要来，因为吹向山谷的风，不像往日那么清新，有微微的汽油味，这说明有汽车奔山谷来了。他烧开水，把茶碗摆好，出去采野菜了。他知道来这儿的人，大都带着肉食。刚冒出来的婆婆丁和四叶菜，嫩极了！将它们用开水轻轻一焯，蘸上大酱，就是最好的下酒菜！我们把带来的卤煮的牛肉、烧鸡、白酒、豆腐干、皮蛋，从车上搬下来，放到撮罗子前的草地上，开始吃喝了。导演要拢堆火，鄂伦春人使劲儿摇头，说是风有时调皮，万一吹走几颗火星，引起火灾，那就遭殃了。他说前些年一到防火期，防火办的人，就让护林员上山，赶他下山。可他下山至多住一夜，又会跑回来。月亮谷的林子太密了，一旦起火，很难控制。这里是难防的区域，鄂伦春人又不愿下山，防火办便想了个两全其美的办法，把他发展成护林员，守着这片林子。防火期时，他不在外面吸烟和生火，已成习惯了。他说做护林员这两年，附近有两场雷击火，是他最先赶到扑灭的，没酿成大灾，所以去年底，他受到表彰，得到了一个瞭望火情的高倍望远镜，还有五百块钱奖金。鄂伦春人说着，进了撮罗子，取出望远镜，奔向一棵粗壮的樟子松，噌噌噌，比猞猁还灵巧，转眼之间就爬上树！没等我们反应过来，他又噌噌噌地下来了。他回到我们身边，说这棵十来米高的树，就是他的火情瞭望台！他下来的那一刻，我猛然想起爸爸讲过的给鄂伦春人放电影的故事，葛一枪的儿子，不就爱爬树吗？我问他是不是姓葛，他点点头。我说，那你一定就是奇克图了！他说，你怎么知道我的小名？我接着说，这条月亮谷，看来就是别雅山谷了！他瞪大眼睛，照着我的肩膀就是一拳，证明我说对了！”

“你别老鄂伦春人鄂伦春人地叫，你这故事里有两个鄂伦春人呢，干脆说名字得了，要不我分不清是哪一个！”母亲打断了情绪激昂的弟弟。

我为弟弟开脱着，“他是为了埋下伏笔，才没说奇克图的名字呀。”

母亲嘲笑着：“打一开头讲这故事，我就知道那个人是奇克图。你弟埋这伏笔，跟你爸没法比！你爸埋的伏笔像迷宫，敌人真会犯迷糊；你弟埋的伏笔就像破篱笆，敌人用脚一踹就进来了！”

母亲的两个比喻，把弟弟逗笑了，他改换了人称，将两个鄂伦春人，分为奇克图和向导来叙述了，“三鸳鸯也没想到，我跟奇克图竟有这渊源，他让我们先干一碗兄弟酒！我们腾空了茶碗，开始倒酒。奇克图真有意思，瓶装的白酒打开后，他要先倒进狍皮酒囊，然后再倒碗里。他说进了酒囊的酒，哪怕是打个转出来，也会好喝多了！好像那酒囊是酒的贵族学校，一进一出，身份就不一样了。碗大，我们倒个一两左右，就算一碗。干完一碗，三鸳鸯说得干第二碗，为奇克图和咱爸！因为没有父亲，就没有儿子，而两个父亲都去另一个世界了！我和奇克图自然干了第二碗。两碗酒下去，奇克图咋都没咋的，我却晕了，咱们汉族人的酒量，跟他们比起来，就是小河沟和大江大河的差别呀。三鸳鸯问奇克图的母亲是否健在，奇克图先是摇头，后又点头，三鸳鸯便张罗第三碗酒，说我和奇克图，应该祝福母亲健康长寿！奇克图喝第三碗酒时，眼神凄凉。”

我说：“是不是他母亲生死不明？”

“真让你说着了。”弟弟话音刚落，楼下的街灯亮了！客厅有了微弱的光，他趁此添酒，美美地咂一口，说："嗯，喝着酒讲故事，就是来情绪！要讲奇克图的母亲，还得从他父亲的死说起。鄂伦春人下山定居后，为了保护动物，也为了防止他们族人之间酒喝多了，拿枪惹事，猎枪都被政府收缴了。葛一枪没了枪，就跟丢了魂似的。他一天到晚捧着酒囊，喝多了就唱，漫山遍野地游荡，成了半疯！白狍子生的两头狍子，被他说成是魔鬼，全给宰了下酒了！有一年春天，他喝多了酒，非拽着老婆去河里叉鱼不可，结果到了河边，他把水底的一块青石当作大鱼，一叉子叉过去！见石头不动，葛一枪生气了，骂它脾气大，咕咚一声跳进水里逮它，结果鱼没抓着，他却被水呛死了。那条河齐腰深的水，本不该淹死人的，你们说是不是很邪门？葛一枪死后，奇克图的母亲很愧疚，觉得她跟男人一起出去，男人死了，她却活着，很丢人。她靠酒麻醉自己，不然晚上连两个钟头都睡不上。奇克图见母亲喝得舌头不好使了，走道歪歪斜斜的，怕她出事，便送她出山，去小铜铃家。还记得小铜铃吗？就是奇克图的妹妹，她嫁了个在县城跑运输的汉族小伙。两口子一开始过得还好，可是小铜铃一连生了俩丫头后，这汉族丈夫就嫌弃她了。说她不会打扮自己，邋里邋遢，不会收拾家，胖得像猪，常常揍她。奇克图的母亲到了小铜铃家后，有一次见女婿打女儿，她气不过，抡起板凳，把女婿暴打一顿，从此回到儿子身边，再不出山了。奇克图说，母亲回来后，依然每天喝酒。有一年夏天，她造了一条只容一人坐的小桦皮船，初秋的一个日子，她扛着桦皮船，去了葛一枪出事的那条河，说是要试试水，从此后再没有回来。事后奇克图回忆起来，母亲走的那天，带走了衰老的白狍子，还带走了父亲遗留的猎刀，看来是打定主意不回来的。”

“最后也没找着尸首？”母亲问。

弟弟说：“没有，别说是尸首，连船的影子也找不着。奇克图沿着那条河，骑着马，从秋天一直找到河结冰了，蛛丝马迹没寻着。”

“我估计她是自杀了。”姐姐说，“不可能活着了。”

“也没准儿她带着白狍子，在哪座山里独自待着呢！”我说。

“她要是活着，白狍子也早死了！狍子能活二十年，都了不起了！”姐姐说。

“那不是狍子，是神仙！”我固执地说，“它没准儿能活千万年，有谁知道？”

弟弟怕故事出岔子，回不到正路了，不让我们就此事议论下去，说：“奇克图说完母亲的故事后，向导问他，你还不算老，打定主意，一个人在山里过下去了？不想讨个老婆吗？奇克图说，他不讨老婆了，他有喜欢的。我们都好奇，问他喜欢谁。他晃晃悠悠地回到撮罗子，取出一长一短两支笛子！笛子咱们也见多了，可是谁见过桦树皮的？他发明的桦皮笛子，有圆圆的小孔，音阶齐全；他先拿起那支长笛，吹了一阵，他的马就咴咴叫着回来了；再吹短笛，去河沟玩水的猎犬跑回来了，实在太神了！他说马和猎犬，就是他心爱的！大鹏说，马和狗，并不代表姑娘呀！奇克图不高兴了，说马和狗比姑娘好，姑娘会负心，它们不会！导演很喜欢奇克图，他当场拍板，说是来大兴安岭来对了，外景地就选在这儿了！他还说让奇克图演其中的一个角色，虽然戏不多，但能出彩。奇克图问：那我能上电影了？导演说，那是啊。奇克图高兴得手舞足蹈，说是他小时候看电影，就梦想着有一天能上银幕。导演答应他，不但他上银幕，他心爱的马和猎犬也上，奇克图激动得差点儿哭了。他边喝边唱，唱的是鄂伦春语，我们听不懂，向导给我们翻译，说歌词是奇克图即兴编的：'远方的客人给我带来了酒和肉，还给我带来了演电影的好消息。我愿意让我的桦皮笛子，给你们引来一世界的鸟儿；愿意让我的马，带着你们采山花；愿意我的猎犬，在你们遇见狼时，做你们的守护神。'说真的，那些软绵绵、哼哼唧唧的流行歌曲，跟奇克图的歌声比起来，简直就不是歌了！奇克图的歌，没有伴奏，却那么的动听，有味道，把懂音乐的大鹏都给镇住了！那个晚上，我们都喝多了，横七竖八倒在地上，只有奇克图还清醒。五月初的晚上，气温还很低，奇克图怕我们受凉，将狍皮铺在撮罗子的地上，挨个把我们背进去。一个撮罗子装七个大男人，就像包子打多了馅，要挣破了，奇克图只好睡在外面。他有一个熊皮被筒，钻到里面，就是在雪地上，也能睡出热乎气。我们醒来的时候，太阳出来了，奇克图急得团团转，因为他和好了面，想给我们烙饼，可我们把撮罗子挤满了，他没法靠近火塘。说真的，那几天，是我长这么大，过的最快活的日子！奇克图给我们唱歌，给我们讲他们民族的神话故事，还用挂网打了开河的鲇鱼，美美地吃了一顿。离开奇克图的时候，我们都恋恋不舍的。我们约好了，电影开拍了，再来看他。三驾鸯跟奇克图开玩笑，说他一不留神成为电影明星后，山外的姑娘会蝴蝶似的飞来，争做他的老婆。奇克图臊得脸红了，从他的表情上我能看出，他也是想有一个姑娘陪着的。"

"奇克图演电影，真的找着了老婆？"母亲问。

弟弟说："别着急，听我往下讲啊，七月底，电影在别雅山谷开拍了。”

“你怎么不叫月亮谷了？”姐姐说，“别雅山谷不好听，别嘴。”

“我觉得‘别雅’好听！”我说，“‘月亮’都让人用滥了，什么月亮湾，月亮寨，月亮超市，月亮灯饰城，最可笑的还有月亮洗脚房、月亮擦鞋铺、月亮蟑螂屋！”

“我们林业局有家小旅社，也叫月亮，脏得不像样子！”弟弟补充了一句，接着讲故事，“摄制组从北京开来两辆加长车：一台设备车，一台宿营车。演职人员加一块儿，三四十号人呢。宿营车住不下，还搭了两个帐篷。大鹏放暑假了，他和三鸳鸯先去了一趟，回来洗出一沓照片给我看。虽说戏里没名角，但那一带的风景，实在美啊。蓝天白云，绿树清溪，漫山遍野的野花，随便一个女人站在那条山谷，都成了美人，你们信不信？九月中旬，利用公务员休假，我和三鸳鸯一起去别雅山谷，大鹏没去，学校已经开学了。那时天已转凉，头场霜来了，树叶黄了多半。奇克图见到我非常高兴，说是现在他跟摄制组一起开伙，都吃胖了。的确，他比我上次见他看着富态了，眼神也温柔了，看得出他很快乐。剧组里的女演员，都爱跟他开玩笑，这个说‘奇克图，我跟你在山里过吧，你一天给我烤只山鸡，怎么样’，那个又说‘奇克图，晚上咱俩去小树林睡吧，我给你当一夜的新娘，不要钱’。奇克图紧张坏了，他说一天吃只山鸡，山神会不高兴，太贪婪了；还说女孩子不能乱跟人睡觉，会睡出麻烦的，把大家逗得直乐。那时电影拍了多半，马上要拍奇克图的几场戏了。他要上电影兴奋吧，晚上睡不踏实了。导演和编剧一给他说戏，他就躲，说是越听越糊涂，还不如直接演，反正剧情他也知道了。他要出演的前一天，带了一瓶酒，叫上我，去祭奠他父亲。他父亲的墓，在别雅山谷的落叶松林中。以前鄂伦春人要么风葬，要么水葬，后来跟咱们一样，也土葬了。他父亲的墓碑是一块菱形的青石，没有姓名，只雕刻着一支枪。奇克图说，姓葛的鄂伦春人多了，可是靠着一支神枪，名扬大森林的人，就他父亲。雕刻一支枪，比写父亲的名字，更容易让人记住。而做墓碑的青石，就是要了葛一枪命的石头！奇克图认为这块石头犯了罪，得偿还他父亲，就把它从河里弄出来，做了墓碑。奇克图祭他父亲，跟我们一样，洒了酒，跪在地上，用鄂伦春语，轻声叨咕着什么。他起来后不好意思地跟我说，明天要演电影了，他心里发慌，看看父亲，心里会获得安宁。我给他鼓劲儿，说是演戏越放松越好，就当玩吧。奇克图说，不能玩，做什么事情都得认真！我说要是我们的父亲在就好了，他演的电影，我父亲可以放给他父亲看。奇克图说，他们在另一世也能看见的，只是我们看不见他们看见了！他说活人的眼睛通常是半瞎的，死人的眼睛却是明亮的！说真的，奇克图在某些时刻，像个哲学家，想领会他的话，不太容易！第二天是个大晴天，这正符合剧情要求，导演非常高兴。早饭后，剧务发给奇克图一支半自动的老式步枪，让他摸摸枪，找找感觉。奇克图抱着枪回了撮罗子，说是要和枪单独待着，它才会听他的话。按照剧情，奇克图扮演的鄂伦春人，在一九四五年深秋，骑着马去欧浦的商铺用皮张换盐，在那儿听说刚刚打跑了日本鬼子的一个苏联士兵，光天化日之下，在一户人家的牛棚，强奸一个二十五岁的汉族小媳妇，他愤怒了，出了商铺进了酒馆，喝了两大碗酒，背着枪，找那个士兵算账去！”

母亲突然在黑暗中啪啪鼓起掌来，说：“这个电影真实啊，肯定受欢迎！老毛子的兵，当年真是干了不少这种缺德事，你姥姥活着时跟我们讲，怕苏联士兵看上了，那时的姑娘们都把辫子铰掉了，出门时穿得破破烂烂的，脸上抹着锅底灰，晚上没有女人敢出门。日本鬼子在时，东北的大姑娘小媳妇没少被糟蹋；这苏联红军来了，也祸害了不少女人！所以说啊，不能让别国的男人到咱们的地界上来，凡是洋人，都没好东西，哼！”

我和姐姐忍不住笑了。

弟弟说：“我得先说一下，奇克图的戏开拍前，那个苏联士兵强奸中国小媳妇的戏，已经拍完了。扮演者是一个俄罗斯小伙子，叫谢廖沙，在哈尔滨留学，长得特别英俊。三驾鸯告诉我，剧组的演员中，奇克图最厌烦的就是他。认为他强奸中国妇女，是坏蛋，不愿意跟他说话。奇克图做了好吃的，谁都能吃，谢廖沙却是不可以的。在剧中，奇克图追踪他，最终在城边的坟圈子发现了他。这个士兵喝多了酒，正靠着一座坟，美美地睡呢。鄂伦春人停下马，一枪结果了他。为了满足奇克图的愿望，导演把猎犬加上镜头了。也就是说，奇克图是骑着马，带着猎犬，与那个在坟包睡觉的士兵遭遇的。枪是真的，可枪里没有子弹。类似开枪等音效，靠的是后期合成。谢廖沙背心里埋藏着一个小血袋，当然不是真的血，奇克图做完开枪的动作后，谢廖沙会悄悄撕裂血袋，做出痛苦的表情，表明他中枪了，让血一点点地染红衣服。谢廖沙说他最不想拍这场戏，因为剧中的他死了，他就得离开这条美丽的山谷了。剧务早已让人在山谷攒了几个假坟包，造了个坟圈子。导演对奇克图说，你骑着马过来，不能太快，也不能太慢，在马上射击，一定注意要坐稳，千万别栽下马。奇克图撇了下嘴，我明白那是什么意思，嘱咐鄂伦春人别从马上摔下来，是可笑的。他们骑马就跟我们骑自行车一样，撒把都没事，不会有闪失。早晨起来，谢廖沙为了贴近角色，就着肉干喝了半缸白酒。他歪戴着帽子，敞着怀，散着鞋带，闭着眼，仰躺在一座坟包上，脸被化妆师弄得油乎乎的，真的不像个好兵！戏开拍了，奇克图骑着马奔向谢廖沙，他节奏掌握得特别好，不紧不慢，威风凛凛的，可惜那条猎犬坏了事，它撒了欢，狂奔到坟包，因为熟悉了谢廖沙，怪热情地用嘴叼他的裤脚，谢廖沙忍不住，哈哈大笑起来，围观的人也笑起来，那一条算是白拍了。重拍是个麻烦事，谢廖沙要重新酝酿情绪，奇克图拍了一下猎犬的脊梁，指着马腿对它说，要跟着马走，不能冲在前面，也不能掉在后面，说它再捣乱的话，就别想上电影了。说真的，我们都怀疑猎犬是不是听懂了奇克图的话。但事实证明，它领会了主人的话。半小时后，挎着枪的奇克图又骑在马上了，猎犬紧跟着马，在山谷中，他们三个在一起，真的像一家人！马逼近了坟圈子，按照剧情，奇克图从肩上取下枪，举起来，朝士兵射击。可是意外发生了，奇克图扣动扳机的一瞬，枪声响了，是真的枪声！山谷回荡着枪声，把马和猎犬惊着了，把我们全吓傻了！我们以为谢廖沙中弹完蛋了，只见他捂着左肩，将假坟包当掩体，飞快地躲到后面，趴在地上。他的汉语说得不错，他一迭声地大叫着：子弹子弹，子弹子弹！奇克图呆坐在马上，谁都不敢靠近他，不知他枪里的子弹哪儿来的，有几颗，他会不会掉转头来射击我们。他手里的枪，那时就是一条飞舞的毒蛇！也就两三分钟吧，奇克图人没下来，枪先落马了。剧务赶紧冲上去捡起枪，检查枪膛是否还有子弹，一伙人将奇克图拉下马，牢牢捆绑起来；一伙人奔向谢廖沙，看他伤得怎样。谢廖沙真够幸运的，子弹擦着他左腋窝飞过，钻进假坟，只伤了皮肉。”

“他可真够命大的！”姐姐为谢廖沙庆幸着，然后问弟弟，“你当时在现场，前几次回家，怎么没跟我们说起过？”

“这还不明白！”母亲说，“他平时老说工作忙，没时间回来看我。他要是说去看人拍电影了，不就露馅了吗？我算看透了，这年头，娘对儿子，是剃头挑子一头热！”

弟弟委屈地说：“我怕说了后，你们心里有阴影，以后我再出去拍照片，你们会惦记。嗐，我就这么点儿爱好。”他叹了口气，问我，“二姐，能想起奇克图的子弹是哪里来的吗？”

我说：“你刚才说到子弹的时候，我就想起来了，葛一枪当年在山林里捉了两个日本鬼子，交给苏联红军时，他们不是奖励他一箱子弹吗？一定是那时留下的子弹！”

“没错儿！”弟弟说。

“哎呀，你不是跟我说你记性越来越差，老是丢三落四的吗？”姐姐说，“过去了这么多年的事情，你怎么还记得那么清楚！”

“怪了，小时候的事情我记得清楚，现在的事情却没几样记得住！”我说，“说明那时的事情值得记住，现在的不值得记吧。”

母亲说：“你们姐儿俩能不能少说两句？我要听奇克图后来怎样了！不会把他当杀人犯抓走吧？你们说苏联红军留下的子弹，最终打了自己人，是不是够奇的？看来子弹也认家人啊。”

我说：“子弹打的是俄罗斯人，苏联早没了。”

母亲教训我说：“苏联和俄罗斯，就像鸡和蛋，就像我和你，谁敢说不是一家的？”

她的话再次把我们逗笑了。

弟弟说：“故事快完了，谁也不许打岔，要不我可不讲了！剧务不是让奇克图摸摸枪找找感觉吗？他拿着枪进了撮罗子，想起桦皮篓还有父亲遗留的几颗子弹，纯属好奇，摸出一颗塞进枪膛，他不认为那把老枪能把子弹打响。没想到枪与弹那么相配！大家知道那颗子弹的来历后，明白奇克图不是故意的，导演也怕惹事，安抚谢廖沙，给他加片酬，他不追究，这事也就压下来了，对外就说那是颗橡皮子弹。别看我干司法的，为了奇克图，我也愿隐瞒真相，不想他这样的人吃官司。事发后，奇克图蒙着脸哭了。你们能想到吗？他难过的不是差点儿要了谢廖沙的命，而是自己枪法那么差，没有按照剧情要求，击中坏蛋士兵的心脏！我和三鸳鸯安慰他，说他运气好，子弹长眼睛，如果谢廖沙中弹丧命，他的命恐怕也难保了。可他不听劝，非说他给父亲丢人了，他不是一个好猎人的儿子了。那天晚上，奇克图没有吃东西，他背着桦皮笛子爬上那棵作为瞭望塔的大树，吹了半宿儿笛子，悲悲切切的，把猫头鹰都召来了。谢廖沙见奇克图那么难过，心疼他了，特意跑到大树下喊他，说是他的枪法准，是自己在他开枪时，稍微向右移动了一下，不然正好击中他的心脏。奇克图说，别骗我了，我眼睛好使，打枪时你一动没动！”

“出了这档子事，这电影还能拍下去吗？”母亲问。

弟弟说：“一点儿没耽误！十月底落了雪，拍完雪中的戏，电影就完工了，听说现在正做后期呢，估摸着开春就能上演了。导演跟三鸳鸯有联系，据说奇克图的戏，一点儿没删。”

“奇克图真可怜，他一个人在山谷里可怎么过年？”姐姐问。

弟弟说：“三鸳鸯和他部队的朋友，前几天带着年货，去看了他一次。雪大，他们带着雪铲，走了整整一天。奇克图又是老早闻到了汽油味，提前给他们预备上吃的了。冬天不用防火，奇克图就在雪地支起吊锅，给他们煮野兔吃。三鸳鸯说，短短三个月，奇克图老得不成样子了，头发和胡子白了，眼睛也花了，不过鼻子和耳朵还灵。三鸳鸯说，这次奇克图见着他们，开始时说话是正常的，你问什么，他答什么，可等他们离开时，他的思维又颠倒了，三鸳鸯问他想出山吗，他说太阳和月亮从来不打架。再问他还缺什么东西，他说吊锅的两只耳朵聋了。奇克图嘴上说着胡话，心里却是清楚的。知道三鸳鸯要走，他把自己晒的肉干和果干装进一个纸箱，搬到汽车上，算是他回赠的年货了。”

“这回讲完了吧？”姐姐问。

“完了。”弟弟失落地说。

“三鸳鸯没给奇克图带一挂鞭炮？”母亲说，“过年时放放，去去晦气。”

“我没问，兴许带了吧。”弟弟讲完，没忘了猜谜的事情，他问：“米米，现在能猜出‘一个老头愁又愁，两只耳朵让人揪’，打的是什么物件吗？”

米米毫不犹豫地说：“吊锅！”

弟弟惊叫着：“米米，你在城里长大，没见过吊锅，怎么能猜出来？”

米米说：“奇克图不是说吊锅的两只耳朵聋了吗？”

我心里为米米骄傲的时候，姐姐打开灯。光明袭来的一瞬，我们的眼睛像是被光给烫着了，有些不适应。可是米米却不像平素那么畏光，她仰着头，大睁着清亮的眼睛，发现什么奇迹似的，定定地看着母亲卧室的门楣。我们好奇，顺着她的目光望过去，哦，那儿竟然落着一只雀儿！雀儿见大家抬头看它，顿了顿头，“唧喳唧喳”叫了两声，像是跟我们打招呼。

弟弟惊喜地说：“屋子钻进雀儿了！”

我说：“一定是从气窗溜进来的！可它啥时进来的呢？怎么一点儿动静都没有？”

“你们的爸爸，耳朵真灵，这是他赶回家听故事来了！”母亲的话，让我们把目光转移到她身上。她提着念珠，对着那只雀儿，会心会意地笑着，用深信不疑的语气说：“好故事要是把他落下，他是不干的！”

我们再次仰望那只雀儿：它金黄的嘴巴，好像衔着一颗星星；它眼睛乌亮，有股说不出的温柔；它灰褐色的羽毛有着曲曲弯弯的花纹，隐现着山林和河流的图案；它交错的羽尾，就像打着一个浪漫的蝴蝶结；而它那树杈般的双爪，宛如一副秀丽的中式盘扣——这是他带给母亲的年礼吧？然而最明媚的，还是它脑门儿的一点儿红！能在黑夜里摸到家门，他仰仗的就是头顶的这盏红灯吧？